ダッシュエックス文庫

東京LV99

異世界帰還勇者VS東京最強少女　―山ノ手結界環状戦線―

節兌見一

TOKYO

第一章

『山ノ手結界環状戦線』

LEVEL

NINETYNINE

証言（1）『Aさん（元異世界召喚者、冒険者、ゲームクリエイター）』

そう言えば、最近また流行《はや》ってるみたいですね、『異世界召喚』。

ええ。普通に暮らしてた人が突然ファンタジーの世界に飛ばされちゃうっていう、アレです。

え、いきなりなんの話かって？

小説？　漫画？　アニメ？

いやいや、僕らがいる現実の話ですよ。

家出とか犯罪とか、そういうのに紛《まぎ》れてはいますが、人が超自然的に消失する『神隠し』は、現実に起きているんです。

日本だけじゃなくて、世界中で数が増えてるらしいですよ。

誰か悪いヤツが『異世界召喚』のノウハウを、いろんなところに広めてるんじゃないかなぁ？

それとも、何かもっと巨大な異変の前触れなのか。

どっちにしたって、イヤな話ですよ。

え、異世界に行けるのって楽しいんじゃないかって？

それこそ、フィクションの読み過ぎですよ。

だって、『異世界召喚』って、誘拐《ゆうかい》みたいなモンじゃないですか。

いきなり見ず知らずの土地に呼び出されて、殺し合いをさせられるんですよ？


それに、運よく元の世界に生還できたとしても、過ぎた時間は戻ってこない。

与えられた『力』や傷もそのまま。

異世界に行った人間の気持ちなんて誰も理解してくれないし、責任も取ってくれやしない。

ね、かなり最悪でしょ？

巻き込まれた本人たちにとっても、彼らを受け入れる社会にとっても、ね。


まあ、そういう思いもありまして。

世界の都合に振り回された人たちの居場所を作りたいとは、前から思ってたんです。

物理的な場所っていうよりは、心のよりどころ……繋《つな》がりって感じですけど。


もちろん、我々が開いた【裏門《うらもん》】が、完全ベストな最適解とは言いませんよ。

けどね、やってみるとなかなか悪くない。

とりあえず実際に見ていってくださいよ。

異世界経験者以外にも凄《すご》い人、いっぱい来てるんですから。

＃１『舞薗雷地』

元『異世界勇者』、十六歳の舞薗雷地《まいぞのらいち》には悩みが三つある。

一つめ。彼の名は「らいち」なのに、初対面の相手から高確率で「でんち」と呼ばれること。

二つめ。不眠症で、どんなに努力しても一度に二時間ぐらいしか眠れないこと。

三つめ。暗記系の科目が極端に苦手であること。


「あのー、どうでした？　テストの結果……」

東京都文京区《ぶんきょうく》の中高一貫校『私立湯島学園《ゆしまがくえん》』の進路指導室にて。

目の下に濃い『くま』を作った少年が、進路指導担当の教師にたずねた。

舞薗雷地、高校二年生。

彼が普通の男子高校生とは異なる点が、パッと見て二つある。
・髪の毛の一部と瞳が金色に変色していること
・右手の甲に剣を模した痣《あざ》が刻まれていること
そのどちらも、雷地は前もって学校に申告して『事情』を認めてもらっている。

ファッションでも中二病の古傷でもない。

それらは、現在進行形で彼の中に眠る『力』の影響なのだ。

「はいはい、テストの結果ね」

指導担当の教師は雷地にテストの束を差し出した。

受け取ると、雷地は上から順に答案をめくっていく。

【テスト結果】
名前：舞薗雷地
国語：77点
数学：82点
英語：56点
理科：83点
社会：47点

「……」

だいたい予想通りの結果に、雷地は「やっぱり」と思った。

点数だけ見ればそこまで悪くはない。

しかし、これは中学三年生用のテスト。

十六歳、高校二年生になりたての雷地にとっては楽勝で解けないといけない問題だ。

「二年間学校行ってなかったって聞いてたから、試《ため》しに中三のテストを受けてもらったけど、地頭に問題はなさそうだね。頭を使うこと自体はそんなに嫌いじゃないでしょ？」

「まあ……そッスね」

雷地は答えた。

たしかに勉強は嫌いではない。

とは言え、当たり前のことだからやっていただけで、好きと言うほどでもない。

二年間の『空白』によって周囲との学力差ができるまでは、意識したことすらなかった。

雷地はテスト結果に向けていた目を上げ、恐《おそ》る恐《おそ》るたずねる。

「あの、先生。俺……今から頑張れば、来年の冬に間に合いますかね？」

「……つまり、今は中三レベルの学力の君が、大学受験までに学力を伸ばせるかってこと？」

「そうです。俺、みんなに追いつきたくて」

雷地が答えると、教師は答案のコピーにサッと目を通した。

「できなくはないと思うよ。英単語や社会の暗記科目系が弱いけど、読解とか計算とかの地頭はいいから、たぶん普通レベルのとこには行ける。理数系に絞《しぼ》れば、結構いいところにまで行けるんじゃないかな」

答案を凝視していた教師の目が、ギョロっと雷地の方を向いた。

「ただ、結構頑張らなきゃ厳しいと思うよ。何か、モチベーションはあるのかい？」

「両親を安心させたいんです」

「安心？」

問い返され、雷地はうなずいた。

「二年間も何も言わずにいなくなったから、心配させたかなって。だからまずはちゃんと大学に行って、もう普通なんだって、安心してもらいたくて」

「まあ、『神隠し』になんて遭《あ》っちゃったらねえ……」

教師はうなずきながら、しかし、首を横に振った。

「気持ちは分からなくもないけど、一人の大人として意見を言わせてもらうなら、君の場合は成績より目の下の『くま』の方が心配になっちゃうな」

二本の指が、雷地の両目の少し下へと向けられた。

「ちゃんとゴハン食べてる？」

「……食べてます」

「じゃあ、眠れてない？」

「そッスね」

「なるほどね。うーん……」

それは、ちょっとまずいな。

教師は小さな声でつぶやいた。

「まずは勉強より不眠の方をなんとかした方がいいよ。受験勉強ってマラソンだからさ。病院には行った？　睡眠外来とかって知ってる？」

「一応、薬はもらって飲んでます」

「何か、趣味とかは?」

「ないっスね」

「友達と遊んだりとかは? あと、彼女とか」

「なんつーか、周りとそんな話合わなくて」

「そっかぁ。ま、二年も他所《よそ》に行ってたらなぁ……」

教師は困ったようにつぶやくと、指導室の本棚《ほんだな》から英単語帳を抜き出して雷地に手渡した。

「とりあえず、どうしても眠れない時はスマホとかやらずに、これで一単語でも覚えようか。他にもテキストを渡しておくから、できたら持っておいで。いつ持ってきてもいいから」

「ありがとうございます、先生。またよろしくお願いします」

雷地は深々と頭を下げると、進路指導室を後にした。


廊下《ろうか》に出ると、窓から西日が差していた。

もう夕方だ。

校庭を見下ろすと、既に点灯したナイター設備の下で野球部員たちが熱心に練習をしている。

ふと、どこかで聞いた話を思い出す。

夏の引退まで熱心に野球に打ち込んだ高校球児たちは、高三の夏から受験勉強を始めても、凄いスピードで周囲を追い抜いて、冬の試験本番に間に合わせてしまうらしい。

一つのことに打ち込んだ経験と体力があれば、半年でも受験には間に合うということだ。

じゃあ、二年間も異世界で『勇者』をやっていた自分はどうだろう？

価値観も物理法則も違う世界で戦い抜いた経験は、これから先の人生の糧《かて》になるのか？

そんなの、誰に聞いても分かるわけがない。

雷地の二年間がなんのためにあったか、誰も教えてはくれないのだ。


「……はぁ」

雷地は、小さくため息を吐いた。

「よくないな。物事の考え過ぎは」

雷地はつぶやくと、近くのトイレに入った。

用を済ませた雷地は、手を洗いながらふと備え付けの鏡で自分の顔を見る。

「うぇ、ひっでぇ」

まるで、アイシャドウでも塗っているかのように目の下が暗く落ちくぼんでいる。

さらに自分を凝視していると、じわりと視界が歪んだ。

鏡の中の自分に重なるようにして、文字列が浮かび上がってきたのだ。

青い燐光《りんこう》によって縁取られた白文字。

それは、『眼』の所有者である雷地にしか見えない、魔法の文字だ。

【人物鑑定】
名前：舞薗雷地
レベル：66
属性：聖、雷、魔
クラス：勇者
状態：レベル封印、呪い、自動回復、不眠、疲労
発動中スキル：【鑑定眼】【聖女の祝福】【鞘《さや》】

「はぁ……こんなのが見えたって、受験じゃなんの役にも立たないんだって」

特盛りの【ステータス】も、東京では意味を持たない。

冒険とか、魔法とか、勇者とか、魔王とか。

そういう日々は、日本に帰ってきた時点でもう終わった。

雷地に残されているのは、二年間の空白。

自分がどこか遠い国で勇者をしている間に、かつてのクラスメイトたちは人生のステージを先に進んでおり、両親とは二年間のことでなんだかギクシャクしてしまった、その事実だけだ。

「……はやく、普通に戻りたいな」

雷地は洗った手の水気を払うと、学園を後にした。

舞薗雷地は、正規の方法で中学を卒業していない。

中学三年生の冬に行方《ゆくえ》不明になってから二年間、地球とは異なる世界にいたからだ。

特殊な事情を持つ青少年への支援制度により、都内の私立中高一貫校『私立湯島学園』に編入することで、雷地は今、無償で高校に通うことができている。

今は寮生活。

東京をぐるりと一周する山手線《やまのてせん》の反対側に、雷地が暮らす学生寮がある。

秋葉原駅《あきはばらえき》から山手線に乗り込んだ雷地は、乗客たちが激しく入れ替わる中、運よくドア横の席に座ることができた。

通学鞄《つうがくかばん》を抱えるように膝にのせ、さっそく借りてきた単語帳に目を通す。

Equip　動詞　装備する
Insomnia　名詞　不眠、不眠症
Abandon　動詞　捨てる、あきらめる
Attract　動詞　惹きつける、魅了する
Bother　動詞／名詞　悩ませる、悩み
Burn　動詞／名詞　燃える、燃やす、やけど

Parasite　名詞　寄生、寄生虫、舞薗雷地の体内に巣食う魔王の呪い
Accelerate　動詞　加速させる
Stasis　名詞　停止状態、停止、閉塞

…………

……


「……ぜんっぜん頭に入ってこねぇ」

音の響きや意味を頭の中で何度繰り返しても、次の瞬間にはぼやけて消えていく。

頭が重い。

まぶたにも力が入らず、目が妙に乾く。


不眠状態は、決して『眠くなる』ワケじゃない。

むしろ、いつも眠い。

なのに、それを解消するために『ぐっすり眠る』ということができないのだ。

そのせいで何をしようとしても眠気に足を引っ張られてしまう。

「勉強より、まずはこの症状をなんとかしよう」という進路指導担当のアドバイスは正しい。

しかし、その正しいアドバイスを実行する方法を、雷地はまだ見つけられていない。

「っとと」

意識がとびかけ、つい単語帳を落としてしまいそうになる。

「……どうせなら、ひと眠りしてくか」

寮の最寄り駅に着くまであと三十分。

どうせ眠りは浅いから、寝過ごすこともない。

こういう時に限って、何をしなくても眠れる。

授業中や何かをしようとしている時には眠くなるのに、保健室や部屋のベッドで横になるといつまで経っても眠れない。

まるで、何かの嫌がらせのようだ。

「ああ、普通に戻りたい……」

頭の中でぼやきながら、雷地はゆっくりと目を閉じた。

うすぼんやりとした意識の中、耳だけが妙に冴えている。

近くに乗り込んできた他の乗客たちの会話や、イヤホンの隙間《すきま》から漏《も》れ聞こえる音楽、電車の走行音、どこかの駅に着いた時のけたたましいアナウンス。

もし、異世界で旅をした仲間たちがこの音の洪水に曝《さら》されたら、「なんてうるさい国だろう」と呆《あき》れるに違いない。

頭の片隅でそんなことを思いながらまどろむ雷地の耳の端に、奇妙な言葉が引っかかる。

「それにしても、すごい『魔力』だね。これだけの『力』を使わずにため込んでいたら、その内とんでもないことになっちゃうよ」

（ん？　今、誰か『魔力』って……）

雷地は、薄く目を開いた。

「あれ？」

車内に、他の乗客たちの姿がない。

あれだけ騒がしかった人々の気配が、嘘のように消えていた。


「しまった、寝過ごしたか……!?」

雷地は慌てて席を立った。

眠かったことも忘れて、現在地の状況を求めて周囲を見回した。

いつもなら路線図やちょっとしたニュースが表示されるモニタは、消灯している。

窓の外は真っ暗、走行音がこもっている。

どうやら電車はトンネルの中を走っているようだ。

「あれ？　山手線に『トンネル』なんてあったか……？」

妙だ。

雷地の足音も、電車の音も、全てが不自然に反響して聞こえる。

現実から乖離《かいり》したような奇妙な感覚に、雷地は覚えがあった。

「まさか、また異世界に……」

「異世界じゃないよ。東京の【裏】、【裏東京《うらとうきょう》】だよ」

「ッ⁉　誰だ！」

雷地は、声のした方へと振り向いた。

#2『九時宮針乃』

雷地ただ一人を乗せた山手線は、どことも分からない場所を走り続けている。

スマホの電波も通じない。緊急停止ボタンも機能しない。

そんな車内で、ドアの窓から外を見ていた雷地はつぶやいた。

「まさか、また異世界に……」

「異世界じゃないよ。東京の【裏】、【裏東京】だよ」

「ッ⁉ 誰だ！」

雷地は声のした方へと振り向きながら、反射的に大きく飛びずさった。

と同時に、右手を自身の左掌《ひだりてのひら》へと添える。

雷地が異世界で戦闘を開始する際のクセだった。

「ふふ、なかなかの反応速度だね」

雷地から数歩の距離、車両の中央に女の子がたたずんでいた。

いつの間に……？

「こんばんは。急なことでびっくりしちゃったよね。ごめんごめん」

女の子は、くすぐるような軽い声で言った。

深海のような瞳をした美少女だ。

『冷たい』というか『暗い』というか……

あえて言葉にするなら『深い』という感じだ。

まるで、ぽっかりと空《あ》いた穴でも覗《のぞ》いているかのような……

「その制服、俺と同じ湯島学園か……？」

「そうだよ」

うなずく少女を、雷地は凝視した。

異世界で手に入れたスキル【鑑定眼】により、相手の解析情報が浮かび上がる。

【人物鑑定】
名前：九時宮針乃《くじみやはりの》
レベル：59
属性：時間、魔
クラス：魔法少女
発動中スキル：【加速】、【時間操作】

「なっ……!?　ま、魔法少女だと!?」

そんなものが、この世に存在したのか。

日本、しかも同じ学校に……？

「そうだよ。キミは元『異世界勇者』舞薗電池くんで合ってるよね？」

「……違う」

「え、人違い？」

「『電池《でんち》』じゃなくて『雷地《らいち》』。落雷の『雷』に、大地の『地』」

「あ、そうなの？　ごめんごめん。読み違えちゃった」

ペロッと舌を出す針乃に対し、雷地は警戒をやや強めた。

自分の名前を間違える相手には、基本的に否定形から入るのが雷地のクセだ。

間違えた後に開き直るような相手は要注意。

面白いと勘違いして何度も同じ間違えを繰り返してくるような奴は論外だ。

その意味だと、この九時宮針乃という魔法少女はだいぶマシな方だ。


「……で、アンタは？」

「キミの【眼】には見えてるんじゃないの？　スキル【鑑定眼】だっけ？」

「！　どうして知ってるんだ」

「キミ、日本《こっち》に戻って保護された後、カウンセラーに異世界のこと話したでしょ？　その情報が私たちにも共有されてるの」

「……信じてもらえなかったけどな」

「信じてないフリしてただけだよ。ここ十数年で異世界案件のノウハウも蓄積されてきててね。被害者用のカウンセリングマニュアルもできあがってるんだよ。ヘタに信じるより、疑うフリをした方が、相手は信じてもらおうとして色々話してくれるんだって」

「……知りたくなかったな、そんな話」

「どんな物事にだって【裏】があるんだよ。私たちが今いる、この空間みたいにね」

針乃はクスクスと笑っていた。

しかし、その光のない目だけは笑っていない。

底が見えない、イヤな感じだ。


「改めて、はじめまして舞薗雷地くん。私は魔法少女隊『山茶花《さざんか》』所属の魔法少女、九時宮針乃。キミの一個上のセンパイであり、監視担当でもある」

「……監視ッスか」

恐らく、嘘ではないだろう。

雷地は思った。

なぜなら、雷地は【鑑定眼】で見た人間のステータスを確認できる。

そんな雷地が、今まで魔法少女の存在に気が付かなかったのだ。

恐らく彼女たちは視界に入らないように立ち回っていたのだろう。

「で、そんなアンタが、わざわざ正体を明かすために俺をここに呼んだんスか？」

「そうだよ。キミが問題なく学園生活に順応できるようだったら、正体は明かさないでもいいかなって思ってたんだけどね……」

針乃の仄暗《ほのぐら》い瞳が、雷地を見つめた。

「舞薗くん、キミ『戦い』が恋しいでしょ？　異世界で手に入れた『力』を、思いっきり誰かとぶつけ合わせたいんじゃない？」

「俺が……？　ははっ」

雷地は、ちょっとわざとらしく鼻で笑った。

「『戦い』が恋しい？　せっかく東京に戻ってこれたってのに？　また誰かと戦いたがってるって言いたいんスか？」

「そうだよ」

「ありえない」

「ふふ、センパイに嘘は駄目だよ、舞薗くん」

針乃はニコリと笑うと、雷地の顔を見つめていた視線を足元に向けた。

「良い靴《くつ》を履《は》いてるね」

「あ、ああ」

「トレイルランニング用のシューズだよね？　山とか岩場を走るための、けっこう高い靴」

「……それがどうした」

「寮と学校とを往復するのには、必要なくない？　しっかり靴紐まで結んじゃってさ」

「歩きやすいから履いてるだけだ」

「ふふ、素直じゃないね」

針乃はすべてを見透かしているように言った。

「キミの身体《からだ》が、戦いを忘れられていないんだよ。たとえ東京の街中でも、戦闘を想定せずにはいられないいんだ。私たちみたいな異能者が戦闘にお金をかけるなら、武器や防具より、まず足回りになりがちだよね」

「こじつけだろ」

「私が声をかけた時、あんなに見事に反応したのに？」

「あの状況だったら、誰だってああなる」

「ふふ、素直じゃないね」

針乃は、クスクスと笑った。

まるで雷地の言い訳を面白がっているかのようだ。

「でも、キミの気持ちを証明する、簡単な方法があるよ」

針乃は、そう言って肩にかけていた鞄《かばん》を通路の脇に置いた。

「腕試ししようよ。付き合ってくれたら、私たちのゲームに招待してあげる」

「ゲーム……？」

「【裏東京】で流行《はや》ってる『ゲーム』だよ。普通じゃない『異能』を持った人同士で遊ぶんだ」

「説明になってない」

「わざわざ説明するほどのことじゃないからね。実際にやってみれば一発で分かるよ」

針乃は、ちょいちょいと手招きした。

「かかってこい」と、無言で言っている。


「私、【時間】魔法を使うんだ。物の移動を速くしたり遅くしたりできるから、気を付けてね」

「……自分から手の内を明かすんスか」

【鑑定眼】で見えた内容からして、嘘ではないだろう。

だからこそ、なぜ？

雷地は、相手の出方を警戒しつつたずねた。

「だって、私の魔法って初見じゃ分かりにくいんだもん。よく分からないまま勝っちゃったら腕試しにならないでしょ。そういうの、私たち魔法少女のやり方じゃないんだよ」

「へぇ……魔法少女って、イカした考え方するんスね……」


いつの間にか、雷地の頭から眠気が消え失せていた。

一呼吸ごとに、これまで行き渡っていなかった酸素が身体を駆け巡るようだ。

ずっと足りていなかった栄養素が、全身に漲《みなぎ》っている。

好物料理の香りを台所から嗅《か》ぎつけた小学生のように、雷地の心はそわそわしていた。

しかし、一方で頭の中の冷静な部分が、こう言っていた。
（雰囲気《ふんいき》に流されるな。乗ったら相手の思うツボだ）
今の自分は高二の春だ。
遅れた勉強のことを思えば、こんなことに付き合っている暇はない。
（また帰ってこれなくなるぞ。普通に戻りたいんだろう？）
と同時に、もう一人の雷地が言う。
（これは、自分の身を守るためだから……）

いつの間にか、雷地はファイティングポーズを取っていた。
左手の甲を『盾』のように相手に向け、右手は『剣』のようにやや後ろに構える。
勇者の戦い方を模した、我流の構えだ。

がたんごとん、がたんごとん。
がたんごとんがたん、がたんごとんがたん。

二人だけを乗せた山手線は、トンネルに入ったまま走り続けている。
心なしか、電車はさっきよりも加速しているような気がした。

「ここなら魔法を使っても現実世界に影響はないからね。思いっきりでいいよ」

「……そッスか」

雷地は、ポケットに入れていたスマホの電源を切って、通学鞄《つうがくかばん》の開いた口に放り投げた。

「九時宮センパイもしまっといた方がいいよ。俺の魔法、電子機器とか壊しちゃうから」

「へーきだよ。アタシたちに支給されてるスマホは、何をやっても壊れない」

答える針乃の手で、何かがキラリと光った。

ビー玉だ。

魔石とかそういう魔力を帯びた物体ではない、正真正銘《しょうしんしょうめい》のガラス玉。

それを、人差し指と親指でつまんでいる。

「ねえ舞薗くん。これ、避けられる？」

針乃はそう言って、アンダースローでゆっくりビー玉を投げた。

（は？　避けられるか、だって？）

ゆったりと滞空しているビー玉を睨《にら》み、雷地は思う。

（避けられるに決まってるだろ。こちとら、魔法矢が飛び交う戦場を――）

なんなら、キャッチして投げ返してやろう。

そう思って手を伸ばそうとした雷地の額に、「こつん」と軽い音が響いた。

ことん。ころころころ……

雷地の頭上にあったはずのビー玉が、雷地の足元に転がっていた。

「は……？」

あ然とする雷地を前に、針乃はクスクスと笑っていた。

「だから言ったじゃん、【時間】魔法を使うって」

その手に、いつの間にかビー玉が戻っている。

「【時間】はね、【時】そのものじゃない。【時】を感じる生き物の感覚なんだよ」


針乃は一歩、雷地に向けて踏み出した。

散歩に出かけるような軽やかな一歩だ。

しかし次の瞬間には、針乃の姿が雷地の目の前に移動していた。

「はや……ッ!?」

「ふふ、凄《すご》いでしょ？　前情報なしだと混乱しちゃうでしょ？」

針乃は雷地の眼前で拳を握りしめた。

その指と指の隙間《すきま》から青い燐光《りんこう》が漏《も》れ出し、拳を包んだ。

『魔力』だ。

雷地も使うからよく知っている。

超常現象を引き起こす『力』が、彼女の身体に満ち溢《あふ》れている。

「でも、私が一番得意なのは【時間】魔法じゃなくて、格闘戦なんだ」

針乃の拳が雷地に迫った。

「疾《はや》……ッ⁉」

雷地は反射的に左手で手刀を受け、流した。

その瞬間、雷地と針乃の間にバチバチと青い稲妻《いなずま》が迸《ほとばし》った。

二人の魔力がぶつかり合い、高圧電流をぶつけ合わせたかのようにスパークを起こしたのだ。

バチンと破裂するような音がして、両者の腕が弾かれた。

両者の手から、わずかだが煙が立ち上っていた。

「【雷】の魔力だね。ちょー痛い」

「アンタの打撃も響いたぜ、九時宮センパイ」


続いて、第二撃。

「次は、こんなのでどうかな？」

針乃は「トン」と車内の床を蹴《け》って雷地に飛び掛かる。

今度も、受けきれない速さではない。

雷地はどうにか迎え撃とうと再び左手を構えた。

その時、雷地の足元が揺らいだ。

突然、彼らを乗せて走る山手線が減速したのだ。

「な……ッ⁉」

予想外の床の動きに、雷地はよろめいた。

転びはしないが、致命的な隙だった。

対して、滞空していた針乃は、電車の減速によって相対的に加速していた。

「電車に対する速度感覚をいじったんだ。予想できなかったでしょ」

針乃の拳がよろけた雷地の眼前に迫り、淡々と振り抜かれた。

バチンと弾けるような音と共に、雷地の視界が一瞬ブラックアウトする。

めりめりパキキと、肉と骨が歪む音がした。

「ぐァッ⁉」

雷地の上半身は後ろに反り返り、身体が宙へと浮き上がった。

まるで、車に轢《ひ》かれたかのような吹っ飛び方だった。

金属の手すりに背中から激突した雷地は、座席のクッションにもたれかかる。

鼻が衝撃でひしゃげ、両孔《りょうあな》からドクドクと血が溢れ出した。

「痛《いって》ぅぁ……やりやがったな………」

雷地は、手で鼻を押さえながら相手を睨んだ。

「あ、ごめん。可愛《かわい》いお顔はマズかった?」

「学ランに、血が付いた」

「黒地だし、べつによくない?」

「よくねぇよ。家洗いできんのかな、これ」

雷地はぼやきながら起き上がり、学ランの袖《そで》で鼻を拭《ぬぐ》った。

フンと鼻を鳴らすと、鼻血の塊《かたまり》が飛び出して床にこびりつく。

手を離すと、折れた鼻は元に戻り、鼻血は止まっていた。

「へぇ、治癒《ちゆ》魔法使えるんだ？」

「使えるっていうか、使われた。仲間に掛けてもらったバフがまだ生きてる」


雷地は、右手を上に向けてかざした。

「今度はこっちの番だ」

かざした掌《てのひら》の上に、ボウリング玉ぐらいの光球が浮かび上がる。

【雷】魔法『廻雷《コロンブス》』

ただの光ではない。

バチバチと、鳥の群れが鳴くような音を立てて球は鳴動している。

「雷の球？」

「その通り。雷雲を凝縮したようなもんだと思ってくれていい」

雷地がそっと手を向けると、雷球はふよふよと宙を漂いながら九時宮の方へと流れてゆく。

「センパイ、これ避けられるか？」

「うーん……楽勝かな」

ゆっくりと迫る雷球に対し、針乃はすれ違う形で避けようとした。

その時、くいっと雷球の軌道が曲がり、針乃の方へと向かった。

「わっ！」

屈んで雷球を避けると、雷球はさらに下降して九時宮を追う。

針乃は間髪容《かんはつい》れずに飛び退いて逃れた。

雷地は針乃を指さした。

「俺を攻撃した時に、アンタは【雷】魔力に感電した。『廻雷』はセンパイを追い続けるぜ」

「……いい魔法だね」

針乃は笑った。

「分かりやすくて、さ」

針乃の手に、ペットボトルがあった。

紅茶の入った、ラベル付きのペットボトルだ。

いつの間に？

どこから？

雷地は一瞬考えようとしたが、やめた。

【時間】を操る相手に、考えても無駄なことだ。

「終わったら飲もうと思ってたけど、えい」

針乃は、キャップを開けたペットボトルを雷球へと放り投げた。

ペットボトルと雷球が衝突した瞬間、両方が同時に爆発した。

雷光と水しぶきが爆発的に拡散し、赤茶色の飛沫《しぶき》が視界を覆《おお》った。

囮《おとり》と煙幕、二つの役割をペットボトルの飲み物一つで叶えてしまったのだ。

「さーて、いったん仕切り直そっか」

紅茶色の霧の中でつぶやく九時宮の視界に黒い影が迫った。

「え？」

霧の中から伸びた雷地の手が、針乃の手首を摑《つか》んだ。

「あれ？　見えてたの？」

「言っただろ。センパイは『感電』した。分かるんスよ」

雷地の身体《からだ》がバチッと電光を帯びた。

「お返しだ」

次の瞬間、雷地の手を介して針乃の全身を電流が突き抜けた。

「ぁん――――ッ！」

針乃の身体を、電光の波が幾重にも広がった。

【雷】の魔力が貫通した証拠だ。

全身の神経が一時的にショートし、わずかに身体から湯気が立つ。

「いったぁい……」

「これが、俺の魔力だ。ちょっとしたドラゴンなら、これ一発で落ちる」

雷地がその気になれば、同じプールに入ったクラスメイトを全員気絶させることだって可能だろう。

しかし、電流の直撃を受けても針乃は倒れない。

よろめきはしたが、膝をつきもしない。

「タフっすね……ちょっとしたドラゴンなら、これで落ちるのに」

「二回も言わなくてもいいよ。ドラゴンより強いのは分かったから」

針乃はクスクスと笑いながら構え直し、雷地は距離を取った。

「これで一勝一敗ってところッスか、センパイ」

「うん。でも、お互いまだまだ準備運動だよね、舞薗くん」

針乃は、口の端から垂れた唾液《だえき》を拭った。

「女子だからって、手加減しないでもいいからね。魔法少女隊だったらこの程度、シゴキの内にも入らないんだから」

針乃はそう言って、構えを解いた。

何かが、来る！

雷地が身構えると同時に、針乃はその単語を口にした。


「【変身】」

彼女がそうつぶやいた瞬間、雷地は時が止まったかのような錯覚《さっかく》を覚えた。

まず、針乃の身体が二重にブレた。

片方は元の姿の女子高生、もう片方は蒼いモヤの塊が人の形をなしたモノ。

二つの像は明滅を繰り返しながら徐々に重なっていき、やがて一人の少女となった。

それはほんの一瞬の出来事だったが、十数秒の長さにも感じられた。

それゆえに、時が止まったと感じたのだ。

「こうなると、ちょっと手加減がきかないから気を付けてね」

服装も喋《しゃべ》り方も、元の九時宮針乃のままだ。

ただし髪は淡く発光し、ショートヘアから突き出した二房のアホ毛が、針のように左方向と真上に伸びて直角の形を作っている。

正面から見ると、時計の長針と短針が「9時」ちょうどを示しているかのようだ。

【人物鑑定】
名前：九時宮針乃
レベル：99
属性：時、魔
クラス：魔法少女
状態：変身、興奮、身体魔力物質化
発動中スキル：【時間支配】、【魔力強化】、【身体強化】、【超加速】

「なっ……⁉　レベル99だと⁉」

レベル99。

それは、【鑑定眼】で測れる魔力量の上限値。

この数字を叩き出した存在を、雷地は今までに二度しか見たことがない。

一度目は、異世界で倒した『魔王』。

二度目は、魔王を倒した時の雷地自身だ。

「アンタ……いるのか⁉　俺たちのレベルに……ッ！」

「ふふ、異世界勇者くんに驚いてもらえるなんて、感激だね」

答えた針乃の姿が、言葉と同時にかき消えた。

「さ、一度は世界を救った者同士、気兼ねなく闘《ヤ》ろっか」

次の瞬間――

雷地のみぞおちに、突き出された針乃の膝が深々と突き刺さっていた。

#3『ゆうしゃのつるぎ』

人は、本当に速い物を見た時には、それが速いと認識することすらできない。

なぜなら、物の速さは二点間をどれだけの時間をかけて移動したかで測るものだからだ。

一点すら見切れない速さに、対応することは不可能だ。


「――づッ⁉」

針乃の膝が、筋肉と肋骨《ろっこつ》のガードをすり抜けて雷地の内臓を揺らした。

身体中を内側から突き破るような衝撃に、痛みと吐き気が同時にこみ上げる。

しかし、雷地は笑っていた。

「触ったな……ッ！」

パリッと、雷地と九時宮の間に電光が散った。

彼の身体に蓄電した【雷】魔力の一部が、また針乃に『感電』しマーキングしたのだ。

防御が、次に攻撃するための布石になる。

それが、雷地の操る【雷】魔力の強みだ。

「『廻雷《コロンブス》』！」

雷地の両掌から、雷球が放たれる。

今度は二つ。

小さい代わりに、速い。

『感電』による誘導によって、狭い車内で避けることは不可能だ。

「あの一撃の直後に反撃だなんて、ドキドキしちゃうね」

針乃はうっとりとそう言って、虫でも追い払うかのように手で雷球を払った。

雷球が爆《は》ぜ、彼女の全身に電光が拡散した。

「うん、やっぱり痛いね」

九時宮は一瞬顔をしかめたが、身じろぎすらしない。

「効いてない……？」

「痛いし、効いてるよ。でも、【変身】した魔法少女の身体は耐魔力に特化した魔人体だからね。それに、これぐらいの攻撃は鍛錬でも受けるから」

涼しい声で答えながら、針乃の拳が雷地の顎《あご》を横から打ち抜いた。

「雷地くんも、しっかりついてきてね」

「ごがっ！」

首を軸に、頭蓋骨《ずがいこつ》ごと雷地の脳が揺れた。

見えている世界が後ろに倒れていくような浮遊感。そして、腹と胸から内臓がせり上がってくるような吐き気が、雷地の意識を満たす。

「おぇ……ッ！」

胃液どころか、胃袋ごと腹の中身を吐き出したような気分だ。

打撃に込められた魔力が雷地の内臓に浸透し、身体全体が拒絶反応を示している。

「キくでしょ？　今ので落ちなかったのは立派だよ、舞薗くん。えらいえらい」

転んだけれど泣かなかった幼児を褒《ほ》めるような声で、針乃は言った。

「ゥ……」

雷地の全身から汗が噴き出す。

第三撃目を重ねられていたら、意識を刈られていただろう。

呼吸の仕方を間違えたら内臓まで吐き出してしまいそうだった。

そんな中で、雷地はどうにか言葉を紡《つむ》ぐ。

「セ、センパイ……ひとつ、聞いていいスか？」

「なあに？」

「『魔法少女』って……やっぱ、何人もいるんスよね？」

「うん」

「センパイが、最強？」

「ちがうよ」

「……マジすか」

「マジだよ。トップ層だとは思うけどね。『最強』は違う子かな」

答えた後、針乃は付け加えた。

「だから私ね、もっと強くなりたいんだ。もっともっともっと、強くなりたいんだよ」

「……へぇ」

雷地は、血反吐《ちへど》が垂れた口で笑みの形を作った。

強がりではない。

嬉しかったから、無理にでも笑いたくなったのだ。

この九時宮針乃が最強でないなら、雷地だって最強ではありえないだろう。

そのことが、なぜだか無性に嬉しかった。


「センパイ……俺も本気、いいスか」

「もちろん。回復するの、待っててあげる」

「あざっす」

雷地は大きく深呼吸した。

呼吸の度《たび》に、肺から取り込んだ新鮮な空気に乗って【自動回復】が体内を巡る。

呼吸を十数回も繰り返しているうちに、意識が鮮明になっていく。

ただ元の状態に戻っただけではない。

これまで眠っていた身体の細胞が、ようやく目覚めたかのように力が漲《みなぎ》る。

「あー……けっきょく俺って、『これ』がやりたかったのか」

異世界から戻ってきた時点で、自分の冒険物語は終わったと思っていた。

青春や非日常は終わり、後は灰色の『普通』を生きていくのだと思っていた。

でも、東京にだって彼の知らない世界が広がっていたのだ。

そうと気付いていなかっただけで……


「抜剣《ばっけん》【ゆうしゃのつるぎ】」


雷地の左掌《ひだりてのひら》から、棒状の突起が飛び出した。

体内から紋章を通じて召喚された、剣の柄《つか》だ。

それを右手で掴《つか》み、一思いに引き抜く。

その刀身にはらせん状に刃が彫られている。

刃物というよりは、巨大なネジを思わせる形をしていた。

『突く』ことと『叩く』ことに特化した片手突撃剣だ。


「ふーん……」

ニコニコしていた針乃の顔が、ピクっと硬直した。

「その剣、ヤバそうだね」

「ええ、まあ」

雷地は引き抜いた剣の柄を握り、顔の横ぐらいの高さで構えた。

その髪が、逆立つ。

パリパリと周囲の空気が音を立てていた。

雷地を中心に空間に電圧がかかり、電界が生じているのだ。

「今から、俺は雷になってアンタに『墜《お》ちる』。死にたくなかったら、避けた方がいい」

「避けないよ。受け止めてあげる」

針乃はそう言って、迎撃の構えを取った。

まず、右足を半歩うしろに退いた。

次に身体をわずかに開いて、腰は少し落とす。

右手は引いて浅く握り込み、左手は掌を開いて雷地に向けている。

流派は分からないが、洗練された武術の気配がする。

「受け止めるって、本気《マジ》スか？」

「本気《マジ》だよ」

「……後悔《こうかい》しても知らないッスから」

雷地の全身が淡く発光し、電界が強まった。


雷は、古今東西《ここんとうざい》で神の力として畏《おそ》れられてきた。

そもそも『神』という漢字を構成する『申』の字は、雷光が走る形を現した甲骨文字《こうこつもじ》だ。

古代人は雷を、人の世を超えた天神のみがなせる御業《みわざ》だと解釈したのだ。

「『雷墜《ジイガ》』」

「っ！」

一瞬先に、光が針乃の目に届いた。

落雷の進展速度は時速およそ十万キロメートル。

光速のおよそ三分の一から二分の一程度と言われている。

【雷】魔法と自身の肉体でそれを再現した雷地の速度は、流石《さすが》に自然現象のそれには大きく劣るが、それでも音速よりはるかに速い。

だから、出来事の順番はこうなる。

①始めに光が車内を覆《おお》い、見る者全ての視界を奪う。

②次に突撃した雷地と針乃が車内で接触。

③少し遅れて雷鳴が車内に轟《とどろ》き、そして……

④車内を閉じていた強化ガラス窓、貫通扉、そういった物全てが衝撃で吹っ飛んだ。

「く……ッ！」

針乃の身体《からだ》が車両間の貫通扉を突き抜け、隣車両にまで到達していた。

雷地の突撃によって、一瞬にしてそこまで押し込まれたのだ。

「あははは、派手な技だね！　とても【表】じゃ使えないね、こんなの！」

「そうさ！　正面から受け止めたのは、アンタが初めてだ！」

雷地の突き出した剣は、針乃の身体を貫いていなかった。

突き出された雷剣の切っ先が、彼女の肩スレスレで止まっている。

摑まれているのだ。

針乃は亜光速の刺突《しとつ》をキャッチし、今なお自分の身体に突き刺さる寸前で食い止めている。

「ふふふ、どんなに速くたって、止まっているのと一緒だよ。私の時間軸ならね」

針乃は、あくまで涼しい声で答えた。

しかし雷地は見た。

針乃の表情が、わずかに歪んでいる。

額からは汗が幾筋も垂れていた。

相手の芯にダメージが響いている証拠だ。


「勝負だ、センパイ」

壁と剣とで針乃を挟むように拘束《こうそく》しながら、雷地は告げた。

雷地が剣に力を籠《こ》めると、バチバチと音を立てて【雷】が針乃に流れ込む。

「く、うう……あんッ！」

針乃は苦悶《くもん》しつつも、まだまだ笑みを崩さない。

だから雷地は、魔力を流し込み続ける。

このまま針乃の意識を飛ばせばこちらの勝ち。

拘束から逃げられたら、負け。

そういう勝負だ。

「甘いよッ！　舞薗くんッ！」

針乃のスカートが翻《ひるがえ》った。

と同時に、魔力の乗った回し蹴《げ》りが雷地の脇腹をえぐった。

「オエ……ッ」

腹筋がつぶされ、肋骨《ろっこつ》がメキメキと悲鳴をあげ、内臓にまで衝撃が伝わる。

それでも雷地は痛みを無視し、剣に力を込める。

これは、削《けず》り合いの我慢比べだ。

このまま攻めるしかない雷地の電撃と、上半身を封じられた針乃の蹴り。

どちらが先に相手の限界値に辿《たど》り着くかのダメージレースだ。

針乃もそれが分かっているから、既に二発目の蹴りのモーションに入っていた。

「楽しいねぇッ、舞薗くん！」

「ああ、勝ったらもっと楽しいだろうな……っ！」

互いにゴールは近い。

走り切った後どうなっても構わない。

ただ、目の前の強いヤツに勝ちたい。

その一心で、二人は互いを痛めつけるためにさらにアクセルを踏みこもうとした。

その時だ。


ピシリ。


薄氷を踏み割るような音が、二人の頭の中に直接響いた。

「は⁉」

「えっ？」

膠着《こうちゃく》し、バチバチに魔力をぶつけ合っていた二人は、同時に反対方向へと飛び退いた。

ズタボロに破壊されてなお疾走し続ける山手線。

その周囲の空間に、白いヒビのような物が走っていた。

「あちゃー……やり過ぎちゃったかな」

周囲を見回しながら、針乃はつぶやいた。

「センパイ、これは……？」

「結界が壊れちゃった。私たちが本気でぶつかるには、ちょっと強度不足だったみたい」

「ちぇっ」と、針乃はわざとらしく舌打ちした。

「まだ見せてない切り札、あったのになー」

「終わり……ッスか」

「うん。この世界はもうじき閉じて、私たちは現実世界に戻される」

「そうスか……」

雷地は、自分でも分かるぐらい落胆《らくたん》したトーンでつぶやいた。

楽しかった。

東京に戻ってきてから、一番楽しい時間だった。

こんな形で終わるなんて……

「そんな顔しないでよ。今度はもっとちゃんとしたステージで、最後までやろう」

ひび割れた世界の中、針乃が雷地へと歩み寄ってきた。

その細やかな手が、雷地の顔に向けて伸びた。

「……なんスか」

「ふふ、オモチャを取り上げられた子供みたいだなって」

針乃の手が、慈《いつく》しむように雷地の頬《ほお》を撫《な》でた。

そのまま手が雷地の後頭部に回り、ぐいと彼の身体を引き寄せた。

まるで、抱きしめるかのような……

「ちょっ、何を……!?」

針乃の動きには、悪意も殺意も、闘志すら籠もっていなかった。

そのせいで、雷地の反応はコンマ数秒遅れてしまった。

【時間】魔法の使い手を相手にするには、致命的な隙《すき》だった。

「はむ」

あまりに無造作《むぞうさ》だった。

綿菓子を口先でついばむかのように、針乃の唇が雷地の唇に触れていた。

「んぐ――ッ⁉」

ふわりとした感触があったのは一瞬。

舌先をなぞるぬらっとした感触に、雷地は意識を焼かれた。

（これ、舌か⁉　なんで……⁉）

雷地の思考がグチャグチャになっている間に、針乃の唇は雷地から離れていた。

「ふふ、隙だらけ」

口元から唾液《だえき》を垂らしながら、針乃はつぶやく。

二人の唇の間を、粘液性のか細い糸が引いていた。

「ど、どうしてこんなことを……」

「また戦えるように、お呪い《まじな》♪」

針乃はよだれの糸を親指で拭《ぬぐ》い、混ざり合った唾液を舌先でペロリと舐《な》めとった。

その時、「メキメキ、バキバキ」と音を立て、周囲の崩壊が加速した。

車体がらせん状にねじれ、傾き始めていた。

こんな角度で、電車線路の上を走れるはずがない。

現実のフリをしていた異空間が、破綻《はたん》し始めているのだ。

「ふふ、潮時だね」

傾いた車内に平然とたたずみ、針乃はつぶやいた。

「これ、どうなるんだ……!?」

「どうにもならないよ。【裏】が閉じれば【表】に返る。それだけ」

傾いた床にしがみつく雷地を見下ろし、針乃は微笑《ほほえ》んだ。

「じゃあね、舞薗くん。また、学校で」

「待っ――」

次の瞬間、「めきょっ」と音を立てて車両が崩落した。

と同時に、雷地の視界は真っ暗に閉ざされた。


【対戦はエラーにより中止されました】

現在のランクは【ブロンズ】です

「次は、上野《うえの》、上野」

「はっ……!?」

ごった返しの山手線の車内、運よく座れた端の席で雷地は目を覚ました。

どうやら居眠りしていたようだ。

「え、上野？」

雷地は慌ててスマホを確認した。

画面に表示された時刻は19時８分。

電車に乗ってから、まだ数分しか経っていない。

「って、ことは……」

時間的には、雷地があの異空間で過ごした時間はなかった計算になる。

「もしかして、夢だったのか……？」

あの出来事は、戦いを求める雷地の心が生み出した虚像だったのか？

日常に潜む魔法少女との遭遇《そうぐう》も。

戦いに感じた全身全霊の充実感も。

最後の『アレ』も？

「全部、夢……」

消えたくなるような虚無感が雷地の胸を満たそうとした、その時。

ことん。

ポケットから丸い物体が足元にこぼれ落ちた。

拾い上げると、それはキラリと周囲の光を反射した。

ビー玉だ。

九時宮針乃が最初に雷地にぶつけた、ビー玉だ。

「いつの間に……？」

雷地は一瞬考えを巡らせようとしたが、やめた。

「いつの間に」とか「時間が合わない」とか。

そんなことは考えても無駄だ。

だって、相手は【時間】使いの魔法少女だったのだから。

「また学校で、か」

雷地はビー玉をポケットにしまい直すと、膝の上に開きっぱなしだった単語帳を手に取る。

不思議と、眠気はもう感じなかった。

TOKYO

第二章

『ソーシャルバトルネットワーク』

LEVEL NINETYNINE

証言（2）『九時宮針乃（魔法少女隊『山茶花』星組）』

私、魔法少女モノのアニメが好きで、よく見るんです。

土日の朝に放映してるのとか、それをモチーフにした漫画とか。

あと、小説とかですね。

ああいう作品に出てくる子たちに憧れて、私は魔法少女になったんです。


……そんなに意外ですかね？

同期や後輩の魔法少女たちからもよく驚かれるんですけど。

ほら、なんのスポーツでしたっけ……サッカーかな？

私もあんまり詳しくないですけれど、海外の有名スポーツ選手とかも、元は日本のサッカー漫画に憧れて競技を始めたみたいな話、けっこうあるじゃないですか。

たとえフィクションでも……いや、フィクションだからこそ、あるべき理想を描き、何かを新しく始めるきっかけを人に与えられるんじゃないでしょうか。

私は、そう思いますけどね。


それに、きっかけだけじゃありませんよ。

魔法少女として活動すればするほど、理想はあの頃見た魔法少女に似通ってくるものです。

たとえば、ですよ。

魔法少女ってよく「夢を守る」とか「人の心のために戦う」って言うじゃないですか。

あれって子供だましの綺麗事《きれいごと》じゃないんです。

実は私たち魔法少女隊『山茶花《さざんか》』の仕事って、突き詰めてしまえばやっぱり人の「夢」や「心」にかかわることなんですよ。

なぜなら世界は心でできているからです。

たとえば、この東京の裏側に広がる異界【裏東京《うらとうきょう》】。

東京と同じようでまったく別の法則で支配されているあの世界は、私たち現実に暮らす人間たちが「こういう世界もあるかもしれない」とふと思うことで形作られています。

『夜の公園』

『ビルとビルの隙間にふと見える薄暗い路地裏』

『学校の、一度も入ったことがない空《あ》き教室』

「何かありそう」って思うのが人情じゃないですか。

そういう人の心が、存在しないはずの【裏】側を作り出すんです。

それ自体は、べつに異常なことじゃないんですよ。

雨が降った後に水たまりができるように、自然でありふれたこと。

ただ、たまにそういう場所を通じて何か良くないものが現実にやってきたり、逆に普通の人が向こう側に迷い込んでしまったり、現実を超えた『力』を手に入れてしまったりする。

そういう『異変』に対処するのが、魔法少女の仕事なワケです。


『異変』、最近増えてますよね。

異世界系の『神隠し』だけじゃありません。

実在しない駅に迷い込んじゃったとか裏の世界に行っちゃったとか、そういう都市伝説案件も急増中です。

もちろん私たち魔法少女だけじゃなくて、古くから日本を守っている術師さんがいるおかげで、どうにか均衡が保たれているわけですが……

ちょっと、人手が足りないですね。

異世界勇者……いや、魔王の手だって借りたいぐらいです。


え、【裏門《うらもん》】ですか?

もちろん、私も使ってますよ。

【裏門】を使えば結界術の知識がなくても【裏】に簡単に行けますからね。

人目を気にせず魔法を使った鍛錬ができますし、いろんな人に会えますから。

ええ、出会いは大切ですよ。変な意味ではなく。

私たち異能者は基本的に孤独です。

異能の存在は秘匿《ひとく》されていますし、同じ異能者同士でも原則秘密主義ですから。

でも、自分と似た誰かに会って『力』を比べ合いたいって気持ちは誰にだってありますよね。

勉強でもスポーツでも芸術でも。

私たちの場合は、それがたまたま『異能』だった。

ただそれだけのことで、そこには裏も表もないと思います。


ええ。

ですから、彼にも『招待』を送ったんです。

そろそろ気付く頃かと思います。

湯島学園《ゆしまがくえん》……

彼と同じ学年にだって、異能者が『普通』を演じて生活していることに。

#4『裏東京』

翼を持つタイプのドラゴンは、背中が弱点だ。

奴らは背中に飛びついてきた相手を直接攻撃できない。

爪も牙も炎も尻尾《しっぽ》も、骨格構造の問題で、背中側には届かないからだ。

加えて、ドラゴンの首の後ろ側には『逆鱗《げきりん》』がある。

脊椎《せきつい》を守る皮膚《ひふ》と骨が一番薄く、神経系への直接攻撃が可能な、急所中の急所だ。

そこを叩けば、たとえ身体能力や魔力で劣る人間の身でも、ドラゴンを倒すことができる。


「……ふぅ」

革の鎧《よろい》にマント姿の少年が、中腰になっていた体勢から静かに立ち上がった。

周囲の岩場からは「しゅーしゅー」と湯気が立ち上っている。

ここは火山で、近くから湯気や火山ガスが噴き出ているのだろうか？

いや、違う。

そもそも、彼が立っている〝そこ〟は、自然の岩場ではない。

山の中腹に墜落《ついらく》したドラゴンの背中があまりに巨大だったせいで、そう見えていただけだ。

周囲を包む煙は、電撃によって沸騰《ふっとう》した竜の血液なのだ。

「悪いな、ドラゴン。お前も飼い主のために必死だったんだろうけど……俺にも、やらなきゃいけないことがあるんだ」

『異世界勇者』舞薗雷地《まいぞのらいち》は、動かなくなったドラゴンの逆鱗から【ゆうしゃのつるぎ】を引き抜いた。

雷地はドラゴンの背から本物の岩場へと降り立つと、周囲を見回した。

「さて、皆は……」

ドラゴンと戦っているうちにはぐれてしまった仲間たちも、ドラゴンの断末魔《だんまつま》の叫びを聞きつけてやがて合流してくるはずだろう。

「にしても、空が暗いな。魔王城が近いせいか……」

見上げれば、薄墨《うすずみ》を垂らしたような灰色の曇り空がどこまでも続いている。

心なしか、呼吸する大気すらも重く暗い。

「これも【闇】魔法の力ってワケか……世界全体をこんなにしちまおうって奴を、俺なんかが本当に倒せるのか……？」

そんなことを考えていると、視界の端に純白の羽衣《はごろも》がはためくのが見えた。

「あ……っ」

不安感が重く立ち込めていた雷地の胸に、ふわっと暖かい風が吹いた気がした。

「雷地！　生きてる～⁉」

「今にも死にそうだぜ、イーリス」

「もう、適当言わないの！」

駆けつけてきた白金髪の少女は、弟を叱《しか》るような口ぶりで言った。

「ケガはない？」

聖女イーリスは頬《ほお》を膨《ふく》らませながら雷地にたずねた。

歳《とし》は雷地より一つ上の十六歳。

異世界に呼び出された雷地の世話を焼いてくれる姉代わり。

そして、この世界で最も長い時間を共にした相棒だ。

「わりぃ、ドラゴンの背中でヘマした」

雷地は左手を差し出した。

人差し指の付け根辺りに、黒い棘《とげ》が刺さっている。

「ちょっと！　これ、ドラゴンの毒棘じゃないのよ⁉」


さっきの通り、ドラゴンは自らの背中に乗った敵対者を攻撃できない。

ただ、完全に無防備とも限らない。

種によっては、背中や首の周りにハリネズミのような棘が生えていることもある。

その一本が、手袋ごと雷地の皮膚と肉を突き破り、骨の一部にまで到達していたのだ。

「これ、もしかして結構ヤバかったりする？」

「普通に致死毒よ。でも大丈夫、安心して」

イーリスはそう言って、一思いに棘を引き抜いた。

「いっ⁉」

「ごめんね。でも私の奇跡で、完全に治してあげるから」

イーリスはそう言って、紫色に変色した傷口に口づけをした。

ポッと、お日様のような暖かな光が傷口周辺を包んだ。

ジクジクと灼《や》けるような痛みが、嘘のように和《やわ》らいでいく。

「どう？　良くなってる？」

傷に口を付けたまま、イーリスがたずねた。

「ああ。でも毎回思うんだけどさ、これって手をかざすだけじゃ駄目なのか」

「文句言わない。こうした方がよく効くのよ」

イーリスはそう言って、雷地の傷口に優しく吸い付いた。

舌と唇で傷口の輪郭《りんかく》をなぞり、漏出《ろうしゅつ》した雷地の体液に自らの唾液《だえき》を絡めていく。

そうすることで、治癒《ちゆ》魔力の伝導率を限りなく１００％に近づけるのだという。

王国に伝わる、『治癒聖女』の由緒《ゆいしょ》正しき癒《い》やしの術だ。

「そういう問題じゃないんだよなぁ……」

雷地は、自分にも聞こえないぐらいの小さな声で、つぶやいた。

雷地だってこの治療を受けるのは初めてではないから、理屈は分かっている。

イーリスが純粋な医療行為としてこれを実行していることも。

ただ、それでも刺激が強いことには変わりない。

「……」

雷地は、なるべくイーリスの行為から目を背けようとした。

しかし、見ないようにすればするほど、他の感覚が鋭くなってしまう。

「ちゅ、ちゅ」と響く粘液質の水音とイーリスの息遣いが、脳髄《のうずい》に甘く響いた。

「はぁ……」

雷地は心の中でため息を吐いた。

(今、ここで告白しちまおっかなぁ)

そんなことを思う。

ちょうど今なら、他の仲間二人がいない。

魔王城が近い今、こんなチャンスは二度と巡ってこないかもしれない。


でも……

雷地は思う。

イーリスがこうして雷地に奉仕してくれているのは、雷地が『魔王』を倒すため召喚された異世界勇者だからだ。

イーリスは、聖女としてその補佐を任命された医療者。

あくまで彼女は仕事をしているだけだ。

そんなイーリスの厚意を好意と勘違いして、一人で舞い上がっているだけかもしれない。

それに、もし告白してダメだったら？

その影響でモチベが下がって全滅でもしたら、馬鹿みたいじゃないか。

「そうだよ……今は、そんなことをしてる場合じゃない」

雷地は心の中でつぶやいた。

「魔王を倒してからにしよう。魔王を倒して、それからだ」

それまでは、余計なことを考えるな。

雷地は心に決めると、掌《てのひら》から伝わってくる感触をどうにか忘れようと顔を逸《そ》らした。

これは治療行為だ。

勘違いするな。意識もするな。

イーリスは身を挺《てい》して傷を治してくれているだけで、キスとかそういうのじゃない。

本当のキスは、魔王を倒して、告白して、それから……

そんなことを考えていた雷地の唇に、ふとフワリとした感触があった。

掌で感じていたのと同じ、唇と舌の感触。

しかし、目の前にあったのはイーリスの顔ではなかった。

「また戦えるように、お呪《まじな》い♪」

出会ったばかりの魔法少女の口から、混ざり合った唾液が糸を引いていた。
「うわぁっ……!?」
雷地は、寮の自室で目を覚ました。
一瞬、自分の今いる場所と時間が分からなくなる。
『夢』なのか『現実』なのか。
『東京』なのか『異世界』なのか。
『過去』なのか『現在』なのか。
窓を見やると、閉じられたカーテンの隙間《すきま》から陽の光が斜めに差し込んでいた。
「！　やべっ、時間は!?」
雷地は飛び起きてスマホを手に取った。
時刻は6時39分。
目覚ましのアラームが鳴る1分前だった。
山手線《やまのてせん》での一件以来、雷地は少しだけ長く眠れるようになった。
東京にも、戦える相手がいる。
しかも、かなり手強《てごわ》い。
異世界で終わってしまったと思っていたことが、まだまだ東京で続けられる。

それを知れたことが、心のつっかえを一つ外してくれたのだろう。

「うーん、でもなぁ」

登校途中、校舎に続く昌平坂《しょうへいざか》を早足で上がりながら雷地はつぶやいた。

眠れるようになった代わりに、夢見は明確に悪くなった。

悪いというか、味が濃いというか。

九時宮針乃《くじみやはりの》に刻まれたあの十数秒が、イーリスの記憶とないまぜになって溢《あふ》れ出すのだ。

痺《しび》れるような初恋の甘酸《あまず》っぱさと、それを上書きするような衝撃。

そして、ちょっぴりの罪悪感。

「ちくしょう、初めてだったのに……」

「やっぱり初めてだったんだ」

「えっ？」

背後から囁《ささや》かれた声に、雷地はゾクリと全身を硬直させた。

「おはよう、舞薗くん」

振り返ると、すぐ後ろに制服姿の魔法少女がいた。

九時宮針乃。

東京に潜む魔法少女の一人にして、勇者や魔王に匹敵する魔力を持つ者。

そして、雷地の『初めて』を奪った……

「お、おはようございます。九時宮センパイ」

「ふふ、まさか通学路で再会できるなんてね。お呪いが効いてるのかな?」

針乃は相変わらず深淵のような目をして笑っている。

どこまで本気で言っているのか、分からない。

あの口づけに、本当に呪術・魔術的な意味が込められていたのだろうか。

いや、仮にアレに効果があったとして、たった一人を術にかけるためだけに、あんなことを?

イーリスじゃあるまいし……


雷地は魔力をいつでも使えるように身構えつつ、たずねた。

「まさか、ここで再戦とか、そういうノリじゃないっすよね……?」

「えー、ないない。ここ通学路だよ?」

針乃はクスクスと笑った。

「言ったじゃん。次はもっとちゃんとした場所で最後まで闘《ヤ》ろうって。それとも舞薗くんって、闘《ヤ》りたくなったら所かまわず始めちゃう人?」

「いや、そういうワケじゃないッスけど……」

そもそも帰宅途中に仕掛けてきたのは、アンタだろ。

そう突っ込みたい気持ちもあったが、雷地は言葉を呑《の》み込んだ。

「横、いい?」

針乃は雷地の隣に進み出た。

セーラー服の袖《そで》が、雷地の学ランに触れそうなほどの距離だ。

「ちょっ、あんま近寄らないでくださいよ」

「なんで？」

「それは……」

一瞬、針乃の唇に目がいった。

慌てて目を逸らしながら、雷地はまだ眠い頭を回転させた。

「センパイレベルの使い手が至近距離にいたら、普通に怖くないスか？」

「えー、ツレないなぁ。歩きながら、先輩後輩らしく世間話でもしようよ」

「……校門、すぐそこスけど」

「大丈夫。すぐそこだけど、すぐには着かないから」

「……？」

まさかと思って周囲を見回すと、その意味が分かった。

さっきまで普通に歩いていた他の生徒や、道路を走る車が停止している。

九時宮針乃の【時間】魔法だ。

雷地と針乃に流れている時間の流れを操作しているのだ。

「滅茶苦茶《めちゃくちゃ》っすね、センパイは……」

「でもこういう内緒話《ないしょばなし》、男の子も好きでしょ」

「……まあ、否定はしませんけど」

　二人は、人間が一人入るぐらいの距離を空《あ》けて並び、終わらない通学路を進み始めた。

「ねえ舞薗くん。この東京に、私たちみたいに科学で説明のつかない力を持った異能者って、だいたい何人ぐらいいると思う？」

「んー……東京の人口って、一〇〇〇万人ぐらいでしたっけ？」

「最近の統計では、一四〇〇万人だってね」

「へぇ。だったら、多くて一〇〇〇人ってところじゃないスか？」

　一万人に一人よりちょっと少ないぐらいだ。

　大雑把《おおざっぱ》だが、そこまで外れてはいないだろう。

　雷地はそう思っていた。

「残念。ケタが二つ違うよ」

「え……!?　ってことは、十人？」

「十万人だよ」

「！　マジっスか!?」

「あくまで推定だけどね。ちょっとした霊感とか魔力への適性まで含めると、それぐらいの数の人間が異能を持っているんだよ」

「それでも流石《さすが》に多くないスか……？」

「それでも一〇〇人に一人だよ。一つの学校に数人いるかいないかぐらい」

「そう言われると、まあ……」

「そんな『一〇〇人に一人』の中からさらに『一〇〇人に一人』、つまり一万人に一人だけが、生まれ持った異能を自覚し、操ることができる。これが、舞薗くんが予想した一〇〇〇人規模の異能者ってわけ」

「へぇ……」

じゃあ、ほぼ当たったようなもんじゃん。

そう思いつつ、雷地は相槌《あいづち》を打った。


「ちなみに、今の東京では私たち『魔法少女』が最大勢力。育成年代からトップまで含めて、大体三〇〇人ぐらいで回してるんだ」

「そんなにいるんスか……」

「そ。でもね、全然人手は足りてないんだよ」

「九時宮センパイみたいな人がいても？」

「私一人じゃどうにもならないよ。東京都には警察官が四万人、消防士だって二万人ぐらいはいるんだよ？　それと比べたら、異能者の頭数は圧倒的に足りてない」

「そう言われると、確かに……」

「じゃあ、舞薗くんはどうすればいいと思う？」

「え、それは……」

雷地は少し考えた後、答えた。

「俺みたいな異世界帰りを使うとか？」

「いいアイデアだけど、他には？」

「え、他っスか？」

「だって、舞薗くんは強いけど、異世界帰りはレアすぎるもの」

「そりゃそうスけど……」

雷地はさらに考えた後、「あ」と小さくつぶやいた。

「さっき言ってた十万人！　その中から、スジが良さそうな人をどんどん発掘して育てていけばイイんじゃないスか」

「どうやって？」

「それは……」

雷地は考えた。

雷地のスキル【鑑定眼】ならば、日常に隠れた才能を見つけられるかもしれない。

しかし、だとして。

雷地は一人しかいないし、異能者に教育できるほどの知識も経験もない。

どうすれば……

「でも、流石は舞薗くんだね」

「へ？」

解けない問題に頭を悩ませる雷地に、針乃は微笑《ほほえ》みかけた。

「私の知り合いにね、舞藺くんと同じ発想に至った人がいるんだよ。その人は、異能者たちの交流を促進するアプリを作ることでこの問題を解決しようとした」

「……もしかして、それがこの前言ってた『ゲーム』？」

「察しがいいね。もう、舞藺くんのスマホにも『招待』が行ってると思うよ」

「？　俺のスマホに……？」

「見れば分かると思うよ」

その時、とつぜん周囲が騒がしくなった。

針乃が魔法を解いたのだろう。

停止していた時が動き出し、朝の喧騒《けんそう》が戻ってきたのだ。

いつの間にか、二人は校門の前に辿《たど》り着いていた。

針乃は雷地のスマホを指さした。

「そのソシャゲでいろんな人に出会って、最高ランクまで上がっておいで。そうしたら、この前の続きをシよう」

じゃあね。

針乃は微笑みながら手を振ると、校舎の中へと消えていった。

「ソシャゲ……？」

ソシャゲとはソーシャルゲームの略称だ。

プレイヤー一人だけでなく、他のプレイヤーと協力・対戦したりすることができ、スマホの普及に相まって急速に拡大したジャンルだ。

東京に帰ってきてから、雷地もいくつか手を出したことがある。

「でも俺、ソシャゲとかあんまり長続きしないんだよなー……」

そんなことを思いつつ、雷地はスマホのアプリ一覧を開く。

その最後尾に、確かに見慣れないアプリケーションが追加されていた。

「どうやって？」とか「いつの間に？」なんて、今さら気にするのも無駄なことだ。

アプリ名には、【裏門】と表示されていた。

#5 『裏門』

【裏門】ご利用に関するアンケート
異能者マッチング対戦アプリ【裏門】をご利用いただきありがとうございます。
マッチング精度向上を含むサービス改善のため、アンケートにご協力ください。
(入力情報はシステム運営にのみ活用され、第三者に開示されることはありません)

(1)『裏門』を知ったきっかけを教えてください
□友人や家族から聞いた
□所属団体で聞いた
□『裏門』の対戦を見かけた
□イベントまたはキャンペーンで見かけた
☑プレイヤーからの招待を受けた
□その他(自由記入)

(2)あなたは人間ですか?
☑人間

□人間ではない
□人間だったが、今は人間ではない
□人間ではなかったが、今は人間
□分からない

（3）異能（異界に由来するなんらかの能力）を持っていますか？
☑持っている
□持っていない
□持っていたが今は使用できない
□分からない
□その他（自由記入）

（4）『裏門』以外に異界に干渉する手段（結界術、異界渡《いかいわた》りなど）を持っていますか？
□持っている
☑持っていない
□持っているが、制御できない
□分からない

（５）魔法少女隊から怪人指定もしくは怪異指定を受けていますか。
□指定を受けている
□指定を受けていない
□指定を受けていたが、現在は解除されている
☑分からない

（６）異能を用いた戦闘経験がありますか？
☑経験がある
□経験がない
□分からない

（７）次の内、あなたに当てはまるものがあればチェックを付けてください（複数回答可能）
□魔法少女隊所属
□魔女研修会所属
□魔女資格者
□日本術師協会所属
□八百万《やおよろず》連盟所属
☑異世界帰還認定者

□異世界人

(8)『裏門』に求めるものがあれば教えてください(複数回答可能)
☑強い相手と戦いたい
☑手軽に戦いを楽しみたい
☑安全で公平な対戦がしたい
☑戦闘力を向上させたい
□自分の強さを証明したい
☑スポーツとして継続してストレス解消や健康維持に活用したい
☑対戦を通して他プレイヤーと交流したい
□イベントやキャンペーンを楽しみたい
☑その他(自分のいる世界のことをもっと知りたい)

アンケートは以上になります。
ご協力ありがとうございました。

「……なんだ、これ?」
湯島学園高等部二年一組。

窓際最後列の席に突っ伏しながら、雷地はつぶやいた。

昼休みはいつもウトウト昼寝をしている時間だが、今日は違う。

突っ伏してはいるものの、顔を上げてスマホを見つめている。

画面には、【裏門】という謎のアプリが起動されていた。

「これが、九時宮センパイの言っていた『ゲーム』……だよな？」

起動したら出てきたアンケート内容を見る限り、やはりそうなのだろう。

知らない単語がちらほらあるが、答えられないものでもない。

「ってか、人間以外のプレイヤーも想定してるのかよ、このゲーム……」

【マッチング地域】
お住まいの地域や、通勤、通学でよく通る地域を設定してください
【マッチング時間帯】
マッチングしても問題ない時間帯を教えてください

続いて出てきた二つの質問をパパッと片づける。

寮の近くと、通学に使う山手線沿線。

そして、今いる湯島学園の周辺を登録した。

私立湯島学園はお茶《ちゃ》の水《みず》と秋葉原《あきはばら》と神田《かんだ》のちょうど真ん中あたり。

江戸幕府直轄《ちょっかつ》の教学機関『昌平坂学問所』が置かれていた昌平坂に建てられている。

時間については、学校や寮にいなければいけない時間帯に✓を付けた。

「ま、こんな感じか」

基本情報の登録を終えると、メインメニューが表示された。

【裏門ランキング】：現在、あなたのランクは【ブロンズ】です
【対戦】：現在、マッチング可能な候補が【1件】あります
【裏門のルール】：対戦のルールが確認できます
【ユーザー設定】：ユーザー情報の確認・更新・フレンドの設定が行えます
【お問い合わせ】：不明な点や緊急のご連絡はこちらまで

「対戦？　候補……？」

【対戦】のアイコンをタップすると、次の画面が表示された。

【候補（1）】
場所：湯島学園・柔道場
日時：5月2日16時

「学校の中？　しかも、今日か」

タップして、さらに「この条件でマッチングしますか？」という問いに「はい」を押した。

【マッチング完了】時間までにマッチング場所へお越しください
対戦を中止する場合は30分前までに中止申請を行ってください

「マジか……」

表示された場所に行けば、誰かと戦えるということだろうか。

また、あの時みたいに……


「一狼《いちろう》くんが焼いてくれたケーキ、すっごい美味《おい》しかったよ！」

その時、廊下《ろうか》から女子たちの黄色い声が響いてきた。

「？」

反射的に見やると、十人近い女子と、彼女らに囲まれた男子が一人、ゾロゾロとどこかへと向かっている。

「よかった。また来月用意するから。楽しみにしててね、子猫ちゃんたち」

「楽しみー！」

「私も今度、クッキー焼いてくるからね！　みんなで食べよ」

皆、バスケットを片手にニコニコしている。

まるで、ピクニック帰りのようだ。

「なんだありゃ……？」

雷地のつぶやきに、近くのクラスメイトが答えた。

「月に一度の、『王子』のお茶会だよ」

「『王子』？」

「女子たちの中心に、学ラン着た奴がいただろ？　周りの女子は皆あいつのファンなんだよ。月一《つきいち》でお菓子を持ち寄って、中庭でお茶会をやってんのさ」

「へぇ……」

確かに、チラッと見えた『王子』の顔は男子と思えないほど綺麗《きれい》だった。

スッとした鼻立ちに、凛々《りり》しい目。

真ん中分けの髪型もよく似合っており、スタイルもいい。

仮に女性だと言われても、驚かないレベルだ。

「あれで女子だなんて、驚きだよな」

「え!?」

雷地は『王子』の方を二度見した。

しかし、『王子』たちピクニック隊は、既に教室からは見えない場所まで行ってしまっていた。

「なんでも、男子として育てられたらしくて、特別に学ランの着用を認められてるらしいぜ。女子人気圧倒的ナンバーワン。学園三大美少女の一人に選ばれるのも、まあうなずけるよな」

「三大美少女？　誰がそんなの決めたんだよ」

「新聞部が勝手に決めてんだ。確か一人は中等部の子で、もう一人は……」

クラスメイトの男子は、ポンと手を叩いた。

「そうだ、たしか生徒会長の、九時宮センパイだ」

「あー……なるほど」

なんか癖《くせ》が強いな、三大美少女……

そんなことを思っていたら、午後の授業を知らせるチャイムが鳴った。

まったく眠くない昼休みは、なんだか久しぶりだった。


湯島学園の柔道場は校舎の端、体育館横の奥まった場所にある。

冬には柔道の授業があるらしいが、編入してきたばかりの雷地は近づいたこともない。

「へぇ、こんなところに自販機あったんだ」

柔道場の近くに自販機を見つけて、ふと雷地は立ち止まった。

しかも、雷地が好きな炭酸飲料を売っている。

電子マネーで支払いをしながら、雷地は心の中でつぶやく。

「自分が通ってる学校のことすら、俺はよく知らないんだな」

自販機のことだけではない。
この学校に潜んでいた魔法少女についても、雷地は気付きすらしなかった。
知らなかったのではない。
知ろうとしていなかったのだ。
こういうことは、異世界から帰ってきた時点で終わったと思っていたのだから……
「もっと、俺は自分がいる周りをよく見た方がいいんだろうな」
まずは、目の前の相手からだ。
雷地は柔道場の入口へと辿《たど》り着くと、大きく深呼吸した。
「……何かいるな」
柔道場の中から、気配がした。
針乃とは別の異能者の気配。
一四〇〇万人のうちのおよそ一〇〇〇人。
その一人が、どうやらこの先で待っているらしい。

時刻は15時52分。
16時にはちょっと早いかもしれないが、早すぎるということもないだろう。
雷地は柔道場の入り口で靴《くつ》を脱ぐと、靴下で道場に上がった。
この時間なら、既に柔道部が活動を始めている時間帯だろう。

しかし、そうした大人数の気配はない。

中はシンと静まり返っていた。

校庭から絶えず聞こえていた部活動の掛け声も、もう聞こえない。

「この感じ、山手線の時と同じ……」

表の世界と同じに見えて、まったく別の世界。

【裏東京】の気配が周囲に満ちていた。

「……」

息を呑《の》み、恐《おそ》る恐《おそ》る廊下を進んで柔道場を覗《のぞ》き込む。

「！」

敷き詰められたゴム製の畳《たたみ》の中央で、何者かが正座していた。

上は白の道着で、下は紺《こん》色の袴《はかま》。

いや、そんなことよりも。

まず目についたのは、その身体《からだ》から静かに燃え立つ白い炎だった。

真っすぐに正座している座り姿から、白い煙のようなものが立ちのぼり、揺らめいている。

その姿が、ロウソクの芯に火が灯っているかのように見えたのだ。

「魔力……？　いや、少し違うか」

雷地の感覚で言うと、魔力は光っぽいエネルギーだ。

雷地が目撃している『力』の流れは、もっと湿っぽい感じがした。

「そう言えば、九時宮センパイの魔力も、あんな感じに流れてたっけ……」

【鑑定眼】を使って相手を観察しようとした、その時。

「やあ。はじめまして、舞薗雷地くん」

雷地に背を向けたまま、相手は静かに立ち上がった。

そして、悠然《ゆうぜん》と振り返り雷地を見やった。

「あっ！」

雷地は、相手の顔を知っていた。

ついさっき、見かけたばかりだ。

さっき、廊下で女子たちとイチャついていた男装少女だ。

「『王子』……!?」

「おや、ボクのことを知ってくれていたのかい？　光栄だね」

『王子』は、雷地ですらドキリとするような爽《さわ》やかさではにかんだ。


それにしても、顔が良い。

学ランを脱いだ姿だと、確かに男子にも女子にも見える。

というより、性別なんてどっちでもいいと思えるぐらいに、綺麗な顔をしている。

『三大美少女』と『王子』、どちらの肩書きもうなずける。

「アンタも魔法少女の仲間だったのか」

雷地がたずねると、『王子』は首を横に振った。

「いいや。残念ながら、ボクはワケあって魔法少女隊には入れないんだ」

「ワケ……？」

「そう。なぜならボクは……」

「なぜなら？」

「女の子に、モテすぎてしまうから」

『王子』はそう言って悩ましげに身もだえした。

「ああ、口惜《くちお》しい。あまりに美しく生まれついてしまったせいで、ボクは魔法少女ちゃんたちの仲間に入るには、刺激が強すぎるのさ……ッ」

そう語る姿は、本当の本当に悔《くや》しそうだ。

「……ああ、そう」

雷地は呆《あき》れ気味に相槌《あいづち》を打った。

変な奴だ。

それもかなり、変だ。


「っていうか、俺の名前を知ってるのか」

「うん。針ちゃんから聞いてるよ。異世界帰りなんだってね」

「針ちゃん？」

「九時宮針乃ちゃんだよ。ちょっとした腐れ縁でね。よく戦うんだ」

「へぇ……あの人と戦えるレベルか」

『王子』は雷地に歩み寄ると、手を差し出した。

「改めて、はじめまして。僕は二組の山神《やまがみ》一狼。家庭の事情でね、男子として育てられたんだ。遠慮《えんりょ》なく男子として接してくれたまえ」

「よろしくな、一狼。にしても、よく俺の名前を間違わなかったな」

「え？」

「しょっちゅう間違われるんだよ、『電池』ってさ」

握手を交わしながら、雷地はその感触に息を呑む。

赤ちゃんのほっぺのように柔らかい。

なのに、その奥から心臓に直で触れているかのような拍動が伝わってくる。

エンジンのような力強さだ。

相当に鍛え上げているのだろう。


雷地は柔道場の隅に荷物を置くと、ゴム畳に上がった。

雷地の体重で畳がたわみ、ツヤツヤひんやりとした感触が心地よい。

「俺、【裏門】ってのが、まだよく分かってないんだけどさ。俺たち、今から戦うんだよな？」

「そうだよ。ここは夢と現実の狭間《はざま》に作られた結界、異能者のための試合場なんだ。ここなら思いっきり戦っても死にはしないし、外に異能が漏《も》れる心配もない」

「へー」

話が読めてきた。

どうやら【裏門】というのは、今回のように戦える人間たちの中で日時の都合のつく異能者同士を戦わせる仕組みのようだ。

対戦ゲームでよくある『ランクマッチ』の機能を、そのまま現実で再現しているようだ。

「本当にゲームみたいだな」

学ランを脱ぎ捨て、雷地はシャツの袖《そで》をまくった。

「さっそくやろうぜ、一狼」

そう言って、雷地は改めて相手を凝視した。

【人物鑑定】
名前：山神一狼
レベル：61
属性：気、獣
クラス：武闘家、山伏《やまぶし》、人狼
状態：身体強化、感覚強化
発動中スキル：【過剰闘気《かじょうとうき》】【魔性の魅力】

「これは……！」

素の状態でかなり高いレベル。

ステータスのほとんどが、山神一狼が相当の武闘派であることを示している。

加えて、『クラス』欄《らん》にある【人狼】の二文字。

「こっちにもいたのか……っ！」

「？　なんの話だい？」

「あっ……いや、こっちの話」

雷地は気持ちを引き締めた。

ゴム畳二畳《じょう》分の距離を隔《へだ》て、左手を盾、右手を剣の形に構える。

時間もちょうど16時を回ったところだ。

「こちらから行くよ、雷地くん！」

「来い、一狼！」

畳を蹴《け》って、一狼が飛んだ。

超常的なところは何もない、常識の範疇《はんちゅう》の速さだ。

頭一つ分背が低い一狼の右足が、鞭《むち》のようにしなり雷地の側頭部に迫った。

鋭く無駄がない蹴りだ。

しかし、受けきれないスピードではない。

「まずは様子見か」

雷地は余裕をもって左腕で頭をガードした……つもりだった。

「うお……!?」

しかし、一狼の蹴りはガードを貫通して激痛と共に雷地の頭を揺らした。

ぐらッと意識が傾き、ツーンという音が脳を突き抜けた。

単純な、物理的威力とは違う。

魔力でもない、何か未知の『力』が打撃に乗っている。

「やべ、意識が……」

「まだまだいくよっ」

一狼の、男子にも身体負けしない体軀《たいく》が雷地の懐《ふところ》に潜り込んだ。

上に向いた防御の意識をかいくぐるように、一狼の掌《てのひら》が雷地の下半身をとらえた。

「はアッ！」

雷地の下腹部をえぐるように掌底《しょうてい》が叩き込まれた。

また、謎の『力』が雷地の身体を突き抜ける。

ひっくり返るような衝撃と痛みが、波のように身体の中を伝った。

「つぅ……っ！」

雷地は衝撃に押され、後ろに逃れようとした。

しかし、既に一狼の指が雷地のシャツの襟《えり》を捕らえていた。

「いっ⁉」

グイッと引き寄せられたかと思った瞬間、雷地の視界が急回転した。

一瞬の浮遊感の後、雷地の背中に衝撃が走る。

「ぐぇッ！」

目の前に、天井が広がっていた。

後頭部から背中にかけて、ゴム畳《だたみ》の柔らかくヒヤッとした感触があった。

そうか。一狼に投げられて、畳に背中から叩きつけられたのか。

平衡感覚と一緒に、理解が後から追いついてきた。

「一本、いただき」

視界の端に、一狼の凛々《りり》しい顔があった。

少しだけ心配そうに雷地を見下ろしている。

「もしかしてだけど、手加減してくれてるのかい、雷地くん？」

「してねえよっ！」

雷地は勢いよく飛び起きた。

#6 『六衛流』

雷地の【鑑定眼】は、対象を魔術的に解析して【レベル】を算出する。

その過程では特に、相手が身体《からだ》から放っている『魔力』や『生命力』を重視する傾向がある。

元々は魔物（魔法生物）の強さを測るために編み出されたスキルだから、それでいい。

戦闘の九割が魔力を介して決定する異世界では、それでなんの問題も起こらなかった。

しかし、山神一狼の強さはそれだけは測れない。

なぜなら、一狼は『技術』に加え、魔力とは異なる『力』を操るからだ。

【人物鑑定】
名前：山神一狼
レベル：61
属性：気、獣
クラス：武闘家、山伏、人狼
状態：身体強化、感覚強化、感電
発動中スキル：【過剰闘気】【魔性の魅力】

一狼に投げられた雷地は、飛び起きながら襟を正した。

「にしても、綺麗《きれい》な技だな」

「え？　ボクが美しいって？」

「技がだよっ！」

雷地がツッコミを入れると、一狼はフフと笑みを浮かべた。

「【六衛流《ろくえりゅう》】っていうんだ。異能者と戦うための古武術さ」

そう言って、一狼は迎撃の構えを取った。

どこかで見覚えのある構えだ。

「もしかして、九時宮センパイと同じ流派か？」

「うん。魔法少女は全員【六衛流】を習わされるんだ」

「え、こわ……っ」

雷地は思わずつぶやいた。

魔法少女が、全員武術を……？

それはつまり、東京の【裏】の住人たちは「これぐらいできて当たり前」という水準で鍛錬を積んでいるということだ。

そんな中から、目の前の一狼や九時宮針乃のような実力者が現れるのだろうか……

「こえーよ、東京」

雷地は、バチバチと【雷】を纏《まと》いながら言った。

しかしその口元には笑みが浮かんでいる。

針乃に圧倒された時と同じ笑みだ。

楽しい。

本気でぶつかっていい相手が、九時宮針乃以外にも存在したことが、嬉しくてたまらない。

「『廻雷《コロンブス》』」

雷地は右手から、雷球を放った。

さっき投げられた時に、【感電】によるマーキングは済ませてある。

ゆっくりと、人の頭ほどの大きさの光球が浮かび上がり、一狼へと迫る。

「すごいなあ、喰らったらひとたまりもなさそうだ。でも……」

一狼の足元から、ギュキュッと急加速した自動車タイヤのような擦過音《さっかおん》がした。

「でも、当たらなければ、意味がない！」

瞬間、身構えていた一狼の身体が流れるように横方向へスライドした。

魔法のような、物理法則に反した動きに見える。

しかし魔法じゃない。

確か、針乃が接近してきた時も、速さは違うがあんな動きをしていた。

「それも【六衛流】かっ！」

剣道や合気道には、姿勢や重心を保ったまま移動する歩法があるという。

古流の武術家たちは、そうした足の動きを読まれないために裾《すそ》の長い袴《はかま》を穿《は》いていた。

一狼が袴を穿いている理由も、雰囲気《ふんいき》だけではないだろう。

「さあ、ギアをアゲていこう、雷地くんッ！」

一狼の身体が流れるようにノーモーションで雷地に近づいてきた。

「だから、速いって……ッ！」

「てやぁッ！」

胸元めがけて伸びてきた手刀を、雷地は左の手の甲で受ける。

勇者時代、左手に盾を持っていた時のクセだ。

ジジジと音を立てて【雷】魔力がスパークする。

針乃と手合わせした時と同じだ。

一狼が身にまとう未知の『力』と『雷』がぶつかり合ったのだ。

「痛……ッ」

一瞬、一狼が怯《ひる》んだ。

今だ！

雷地は左手の指を浅く曲げ、引っ掻《か》くように一狼の手を摑《つか》んだ。

攻撃を繰り出すために伸びてきた一狼の手を、引っ掛けて捕まえたのだ。

素肌を摑んだ上で反撃されないように拘束《こうそく》すれば、後は【雷】を流し込めば勝てる。

たとえ相手が未知の力を使おうと、通せば勝つ。

【雷】魔力の良いところだ。

しかし……

「捕まえたよ」

相手の手首を摑んだ雷地ではなく、一狼の方がそう言った。

一狼の手がくるりと翻《ひるがえ》り、雷地の手首を摑み返した。

お互いに、相手の手首を摑み合っている。

「ひとつ、良いことを教えてあげるよ」

一狼の言葉と同時に、雷地の手首関節が「コリッ」と軋《きし》んだ。

「骨にキメる技には、体格も力も、関係ないんだ」

「やばっ」

雷地は逃れようとしたが、それより速く、手首を軸に身体がぐるんと縦に回転した。

また投げられる⁉

そう悟る前に、雷地の身体は背中から畳に叩きつけられていた。

ダダンッ！

パン職人が大量のパン生地を調理台に叩きつけたかのような、凄《すご》い音がした。

「ぐえっ⁉　げほっ、がはっ！」

覚悟していなかった衝撃に、雷地は肺の中の空気をすべて吐き出してしまう。

息を、息を吸いたい。

そう思って喉《のど》を開くが、上手《うま》く息ができない。

「詰みだよ、雷地くん」

倒れた雷地をうつぶせに組み敷いた一狼が、耳元で囁《ささや》いた。

その人差し指と中指が、雷地の首に差し込まれている。

「『力』が通る『経絡《けいらく》』を押さえたよ。キミはもう、魔力は使えない」

「はぁ……!? そんな、暗殺武術じゃあるまいし……ッ!」

「ふふ、【六衛流】は殺すだけの暗殺術よりも格が上だよ。生かすも殺すも自由自在だからね。江戸時代には都を守る忍者たちや一部の武士も、これを修めていたんだ」

「マジかよ……ッ」

雷地は密着状態の一狼に向けて【雷】を放とうとしたが、まるで手ごたえがない。

元栓《もとせん》を閉めたままガスコンロのスイッチを押しているような気分だ。

「ぐっ……」

確かに、対異能用の武術というだけはある。

体術とスピードで『力』の源さえ封じてしまえば、勇者だろうが魔王だろうが関係ない。

可能なら、雷地だって習いたいぐらいだ。

「くそ……っ!」

雷地は逃れようともがいた。

しかし、蜘蛛《くも》の巣にかかった蝶のように、もがけばもがくほど絡め捕られていく。

「大丈夫。痛くないからね」

ゾクッとするような声色で、一狼は優しく雷地の耳元に囁いた。

「怖がらなくていいよ。このままゆっくり、締め落としてあげる」

ギュキュッと、一狼の首への拘束が強まった。

「頸動脈《けいどうみやく》を塞《ふさ》いで脳への血流を止めちゃうとね。意識がフワッてどこかに飛んでっちゃうんだ。怖くないよ。とっても気持ちイイんだ……」

「悠長《ゆうちよう》だな。さっさとトドメを刺した方がいいぜ、一狼」

「焦らせようとしたって無駄だよ、雷地くん。ボクの勝ちは揺るがない」

「それはどうかな?」

雷地は、ニッと笑った。

「確かに今の俺は魔法を使えない。でも、『既に使った』魔法ならどうだ?」

「え?」

一狼の背後で、バチバチと電撃音がした。

振り返った一狼の眼前に、【廻雷《コロンブス》】の高密度魔力球が迫っていた。

雷地が最初に放った一撃が、避けられた後も消失せずにまだ残っていたのだ。

「しまっ――」

言い切らない内に、雷球が一狼の身体に着弾して炸裂《さくれつ》した。

薄暗い【裏】の世界が、電光によって照らし上げられた。

「くァあッッ……⁉」

雷の直撃を受けて、一狼の身体が硬直する。

全身の神経が一時的にショートし、動きたくても動けないのだ。

「今だッ！」

その隙《すき》に雷地は身体をひねり、一狼の拘束から脱出した。

脳への血流が蘇《よみがえ》り、これでまた魔力を練《ね》ることができる。

「ふぅ……久しぶりに死ぬかと思ったぜ」

雷地は赤みを取り戻した顔でニッと笑う。

「さあ、これで仕切り直しだな」

これで、互いに互いの手札がなんとなく分かった。

「ここからが、本番だ」

雷地が構え直そうとした、その時。


「はぁ、はぁ……」

「……一狼？」

「はぁ、はぁ、はぁ、はぁ……ッ！」

一狼の様子がおかしかった。

雷地から数歩の距離で【六衛流】を構えてはいるが、呼吸がどうにも荒い。

疲れているのだろうか？

いや、あの身のこなしで、すぐにバテるはずがない。

「……イイね、雷地くん。今のはスゴく良かった」

一狼は小さくつぶやくと、自分の身体を抱きしめるように、腕を身体に巻きつけた。

寒いのだろうか。それともどこか具合が悪いのか……？

いや、違う。

その姿はまるで、自分の体の中にいる『何か』を、抑え込もうとしているような……

「まずいなぁ……これは、まずい。予想以上だ……」

一狼は自分を抱きしめたまま、何やらブツブツつぶやいている。

構えは崩れ、試合どころではなさそうだ。

「だ、大丈夫か……？」

駆け寄ろうとして、雷地は気付いた。

「これは……っ⁉」

一狼が、燃えている。

その全身から、白い炎が溢《あふ》れ出していた。

ロウソクどころではない。

つまみを全開にしたガスコンロのように、全身から『力』が噴き出している。

【人物鑑定】
名前：山神一狼
レベル：62

【人物鑑定】
名前：山神一狼
レベル：66

【人物鑑定】
名前：山神一狼
レベル：71

【人物鑑定】
名前：山神一狼
レベル：78

【人物鑑定】

名前：山神一狼
レベル：86

「はぁ、はぁ、ハァ、ハァア……ッ！」

加速度的なレベルの上昇に合わせて、一狼の息遣いも荒くなっていく。

「ど、どうなるんだ……!?」

雷地は反射的に右手を左の掌《てのひら》に添えた。

いつでも【ゆうしゃのつるぎ】を抜剣《ばっけん》できる、居合いの構えだ。

これで、何が起ころうと対処できる。

そのはずだった。

「ハァアアアアアアアアッツ……！」

苦悶《くもん》が極限に達した瞬間、一狼は右手をすぼめ、手刀の形を作った。

「何かする気か……!?」

雷地が身構えた瞬間、一狼の右手が素早く動いた。


トン。

一狼の手刀は、一狼自身の後頭部に打ち込まれた。

「かは……ッ」

一狼はそのまま、前のめりに倒れ込んで意識を失った。

「え……？」

一狼は、自滅した。

自分で自分の意識を、刈り取ったのだ。

「うそだろ⁉　おい、一狼！　どうしたんだ⁉」


雷地が構えを崩して一狼に駆け寄るより、一瞬早く。

一狼の気絶に反応したのか、世界の輪郭《りんかく》が揺らぎ始めた。

「これは……⁉」

眠りに落ちていくような心地よさと共に、視界が暗くぼやけていく。

山手線の時と同じ。

世界が閉じていく、あの感覚だ。


【あなたは対戦に勝利しました】

現在のランクは【ブロンズ】です

気付いた時には、二人とも柔道場の下駄《げた》箱《ばこ》前に立っていた。

「しぇあっ」

「お願いしゃぁすッ！」

背後、柔道場の中からは柔道部員たちの掛け声や乱取りの音が聞こえてくる。

それに、柔道場特有のツンとした汗の匂《にお》いや空気感も現実通り。

針乃と戦った時と同じく、夢から覚めて現実が戻ってきたのだ。

戦いで乱れた服装も元通り。

ただし、魔力を使った後特有の気だるさや、戦いだけがもたらす全身の充実感。

そういう感覚が確かな実感として雷地を満たしていた。


「いやあ、ははは……半端《はんぱ》な決着になっちゃってごめんね、雷地くん」

学ラン姿の一狼は、下駄箱に寄りかかりながら力なく笑った。

「大丈夫か？」

雷地が手を貸そうとすると、一狼はわずかに身を引いた。

「おっと。すまないが、今のボクには触らないでほしい」

「……？　あ、ああ。悪かった」

「いや、キミが気にすることじゃない。ボクの体質の問題でね……」

一狼の呼吸は、まだ荒い。

どうやら、さっきの異変の余韻《よいん》がまだ彼の中に残っているようだ。

「それ、もしかして、【人狼】ってのと何か関係があるのか？」

「どうしてそれを……？」

言いかけて、一狼は「ああ」とつぶやいた。

「そうか、異世界帰りはそういうのが見えるんだっけ」

「まあ、な」

雷地は相槌《あいづち》の後に言葉を付け加えた。

「それだけじゃない。異世界を旅した時の仲間に『人狼』がいたんだ。そいつは、満月の日が近づけば近づくほど狼の本能が出て、強くなるんだ。一狼のさっきのも、そういうアレだろ？」

「うーん……まあ、そんなところかな」

「暴れたいんだったら、付き合ったのに」

「嬉しいね。でも、ボクの場合はちょっと事情が特殊でね……」

「特殊……？」

雷地の問いに、一狼は答えなかった。

聞こえなかったのか、あるいは無視したのか。

どちらにせよ、無理に聞くことでもないだろう。

「不完全燃焼で終わっちゃってごめんね、雷地くん。でも、いい勝負だった。また遊ぼう」

「あ、ああ。俺は気にしてないから、一狼も気にすんなって。とにかくお大事にな、一狼」

「ありがとう。じゃあね……」

一狼は、ややぎこちない歩みで去っていった。

その背を、雷地は見えなくなるまで見送った。


「東京にはいろんな奴がいるんだな……」

いろんな性格。

いろんな歴史。

いろんな事情。

いろんな強さ。

雷地は新たな出会いに素直に感動していた。

「でも、でもさぁ……」

雷地は、絞《しぼ》り出すように本音を漏《も》らした。

「本気状態の一狼とも、戦ってみたかったなぁ……ッ！」

針乃戦に続き、二連続の中断。

それも、これから面白くなるというところで、だ。

「さっきの、絶対レベル99までいく勢いだったよなぁ……？」

完全燃焼するような、本気のぶつかり合い。

どうやらそれは、【裏門】の力を借りても、そう簡単なことではないようだ。

TOKYO

第三章

『不純裏界勇者人狼』

LEVEL NINETYNINE

証言（3）『舞薗雷地（元『異世界勇者』）』

【裏門《うらもん》】のなにが良いって、タイマン勝負なところっスよ。

一対一で、余計なルールがないところ。

いろんな機能や仕組みが、ただ自分と相手の強さを比べ合うためにある。

そういう勝負に、俺、じつは憧れてたんスよね。


え？　異世界ではそういう戦いに明け暮れてたんじゃないかって？

いやー、残念ながらそういうわけにもいかなかったんスよ。


ほら、世界を救う冒険って、命がけじゃないスか。

命を奪い合うガチンコの戦い……殺し合いに、公平なルールなんてありえない。

それに、勇者が出てくるＲＰＧって大体は複数戦じゃないっスか。

長所も短所も異なる仲間たちがそれぞれの役割を果たして、圧倒的な強さのボスを打ち倒す。

それがああいうゲームの楽しみでしょ。

俺たちと魔王の戦いも、戦いの種類としてはそういうタイプでしたよ。

勇者がこういうこと言うのもアレっスけど……魔王は圧倒的でしたよ。

【変身】を繰り返した果てに人間やめて、もう自分が誰かも分からなくなっちまったような、悲しいバケモノ……

正直、今の俺でもタイマンで倒すのはちょっと難しいスね。

もちろん、複数人で勝ったからって、それが良くないとか、そういうつもりじゃないスよ。

人間を捨てた魔王と、あくまで人間同士で力を合わせた俺たち。

その戦いに勝てたことを、俺は誇りに思ってます。


でも、でもっスよ？

今言ったことを前提に聞いてほしいんスけど……

心のどこかにちょっぴり、奴の強さに憧れる気持ちがないわけじゃなかった。

仲間とか役割とか使命とか、そういう余計なモンすべてを棄《す》てた先にある『個』の強さ。

俺とお前、ぶつかり合ったらどっちが強いんだ？

そういう戦いも、やっぱかっこいいなって思うんスよね。


いつか、一対一でも『魔王』を倒せるぐらいに強くなりたい……

東京に戻ってきてからのささやかな『夢』ってやつです。

#7『素敵』

私立湯島学園《ゆしまがくえん》には十六人の魔法少女が在籍している。

中等部・高等部を合わせた六学年の内、中一から高二までの学年に三人ずつ。

高三には九時宮針乃《くじみやはりの》が一人。

この合計十六人が、異能関係者補助制度を持つ学園の【裏】治安を維持している。


その一人、中学生魔法少女・波村静那《なみむらしずな》は、自らを天才と自負していた。

魔法少女隊には下から、種組《たねぐみ》、芽組《めぐみ》、茎組《くきぐみ》、華組《はなぐみ》、星組《ほしぐみ》という五つの階級がある。

静那はまだ中二の身でありながら中堅部隊である茎組に配属され、トップチーム星組の中でも最強と名高い九時宮針乃から指導を受けている。

控えめに見て、魔法少女として将来を嘱望《しょくぼう》されているエリートコースだ。

口にこそ出さないが、ゆくゆくは最年少で星組まで上りつめ、最強の魔法少女となることを目標に、これまで熱心に鍛錬を続けてきた。

そんな静那から見れば、ただ異世界に行っていただけの『異世界勇者』など、素人《しろうと》同然。

強力な魔法が相手でも、【六衛流《ろくえりゅう》】で冷静に対処すれば負けることはない。

そう、思っていた。

「はぁ、はぁ……うぅ……ッ」

湯島学園の体育館に、【裏門】の異界空間が開かれていた。

シンと静まった体育館に片膝をつき、セーラー服に身を包んだ静那は肩で息をしていた。

苦しみ悶《もだ》えるような表情で見つめる先は、体育館の舞台上。

壇上《だんじょう》にダラッと腰かけた、一人の異能者だった。

「やっぱ怖いな、魔法少女って。魔力や体格で勝ってても、【六衛流】があるからなー」

そんなことをぼやきながら、足をぶらぶらさせている。

右手の甲には剣の紋章。

魔力によって雷色に変色した髪型。

静那は前もってその人物のデータは頭に入れていた。

舞薗雷地《まいぞのらいち》、高校二年生。

異世界案件・二〇一号事件関係者。

神隠しに遭《あ》い、二年近く異世界を放浪し、帰還した元『異世界勇者』。

〝魔力量だけでなら〟九時宮針乃に匹敵する潜在能力を持つとも評価されている。

「つ、つよい……」

静那は、まだビリビリと電撃がチラつく意識でつぶやいた。

頭では、その経歴から大体の強さを逆算したつもりだった。

仮に『力』で敵《かな》わなくても、いくらでもやりようがある。

異世界帰りに限らず、『力』の強い異能者は、近接戦闘への意識が甘い。

そういう相手を手早く刈ることにおいて、【六衛流】を学んだ魔法少女の右に出る者はいない。

【裏門】にて撃破し、九時宮針乃に実力をアピールする良い『カモ』だと思っていた。

「まだ電撃が残ってるだろ？　もう少し休憩《きゅうけい》してていいよ」

「く……っ」

図星を衝《つ》かれ、静那はうめいた。

とっくに『変身』は済ませ、得意の【水】魔法を織り交ぜた体術で攻めに攻めた。

それなのに、まだ一回しか接触できていない。

しかも、逆に電撃で一方的にダメージをもらってしまった。

つまり、今のところ手も足も出ていない。

相手は本気で魔力を練《ね》っていないし、体術も、それほど脅威《きょうい》ではない。つまり、負けているのは『魔力』でも『体術』でもない。

言ってみれば、勝負の強さ。

圧倒的な『実戦経験』の差が、二人の明暗を分けていた。


「……分かりました」

静那は悔《くや》しさに強張《こわば》っていた身体《からだ》から力を抜いた。

『静那ちゃん。【水】の魔法使いは、もっと柔軟に物を考えないとダメだよ』

魔法少女隊の稽古《けいこ》で、針乃に言われたことを思い出し、長く細い息を吐いた。


「どうやら今の私ではあなたを倒せないようです」

現実を受け止めつつ、静那は【六衛流】を構えた。

「ですので目標を変えます。データにあった切り札【ゆうしゃのつるぎ】を絶対に使わせます。それが、私の中での新たな勝利条件です」

静那はそう宣言し、再び目に闘志を燃やした。

「お、いいね。面白い」

雷地は壇上から飛び降りた。

「じゃあ、俺が『つるぎ』を抜いたら、キミの勝ちでいいよ」

「……二言《にごん》はありませんね？」

「ああ。その代わり、ちょっと新技の実験台に付き合ってもらおうか」

「新技……？」

「ある人の技を見て閃《ひらめ》いたんだ。ちょっとビックリするかもしれないけど、いい？」

「構いませんよ」

「決まりだな」

雷地はうなずくと、静那から数歩の距離で軽くフットワークを刻み始めた。

これまでの戦いにはなかった動きだ。

しかし、それは武術のように洗練された動きではない。

スポーツか何かの経験を流用した、素人の足使い。

正直言って、隙《すき》だらけだった。

「これは、いけるか……？」

静那の頭の中で、目まぐるしく計算が行われた。

【ゆうしゃのつるぎ】使用不可』

『新技研究のための慣れない戦法』

二つの大きなハンデが組み合わされば、勝ち目があるかもしれない。

そして、格下がその勝機をつかむためには……

「攻めて攻めて、攻めるべし！」

静那はその可能性に賭《か》けるべく、体中に魔力を走らせた。

「参りますッ！」

静那は右足で体育館の床を強く踏みしめた。

瞬間、半透明の青い魔力が「ザバッ！」と飛沫《しぶき》を上げて舞い上がった。

静那が周囲に展開させた【水】魔力だ。

「せいやッ！」

静那の左足が、足元に渦巻《うずま》く【水】魔力を蹴《け》り上げた。

水辺で思いっきり足を蹴り上げた時のように、水は半月状の弧を描いて雷地へと迫る。

「うおっと！」

雷地は迫りくる水撃を躱《かわ》そうとした。

しかし、その足取りがもつれた。

彼の足元にまで押し寄せた【水】魔力が、彼のフットワークを乱したのだ。

「これなら避けきれないでしょう！」

静那の宣言通り、雷地は水撃のおよそ半分弱を避けきれず、左手で受け流した。

「く……っ！」

骨が軋《きし》む音が、足元の【水】魔力を通じて伝わってきた。

【水】魔力の強みは、水の性質を表現した『流動性』と『重み』だ。

この二つを組み合わせた『流れ』に相手を巻き込むことで、圧倒し、押し潰す。

それが、波村静那の必勝パターンだ。

「よしっ」

静那は手応えに小さくつぶやいた。


実を言えば、この戦法には大きな欠陥がある。

足元に展開した【水】魔力を通じて、雷地はいつでも【雷】魔力で静那を攻撃できる。

だから、彼がただ勝つ気なら、すぐにでも静那の意識を刈れるだろう。


しかし、それはないと静那は踏んでいた。

舞薗雷地は新技を試すと言った。

そう言った以上は、他の勝ち方を安易に選択するとは思えない。

静那の選択は、雷地が自らに課したハンデの弱みを的確に衝《つ》いていた。


「胸をお借りしますよ、舞薗センパイッ！」

静那は、目の前に立った大波を正拳突きで砕《くだ》いた。

瞬間、大小数十の飛沫が魔力の散弾となって雷地に襲いかかる。

一発一発は、ビー玉一つ程度の水滴に過ぎない。

しかし【水】魔力で強化すれば、指で強く突っつく程度の威力にはなる。

それが同時多発で襲いかかれば、それこそ大波が呑《の》み込むかのように、相手の身体から自由を奪うことができる。

「覚悟――ッ！」

【水】の散弾が、雷地の視界を覆《おお》うように畳《たた》みかける。

回避は不可能だ。

「イケるッ！」

静那は有利を確信した。

その時、ピチャッと水音がした。


「『雷刻官《バシオ》』」

ピリッと静那の身体が小さく痺《しび》れた。

「……？」

足元に展開した【水】魔力を経由して、【雷】の魔力が伝わってきた。

「攻撃に耐えかねて、【雷】魔力の直接攻撃を解禁した……？」

いや、それにしては出力が弱い。

これは、余波だ。

相手が何かをした、余波に違いない。

足元に意識を持っていかれた静那は、まばたき一回分の時間だけ、雷地から目を離した。

【水】の散弾に曝《さら》されている間、彼にできることはないから問題ない。

そう思っていた。

しかしそれは、【水】の散弾が雷地に当たっていたらの話だ。

静那は相手のいる方向に目を戻し、硬直した。


「え？」


散弾が炸裂《さくれつ》した場所に、雷地の姿がなかった。

まるで幽霊のように、消えてしまった。

「消えた……いや、避けた？　この速さ、まるで九時宮センパイの……」

周囲を見回そうとして、静那はハッとした。

『ある人の技を見て閃いたんだ』

「まさか……ッ！」


つぶやく静那の肩に、後ろからポンと手が置かれた。

「……ッ!?」

ビクリと飛び上がりそうになった静那に、背後の雷地はクスッと笑みを浮かべた。

「な、ビックリしたろ？」

「……はい」

静那は、ため息と共に肩の力を抜くと、ぺこりと頭を下げた。

「『降参』です。ご指導ありがとうございました、センパイ」


【あなたは対戦に勝利しました】

現在のランクは【シルバー】です

「んー……あの技、悪くはない。悪くはないんだけどなぁ」

昼休みの中頃。

校舎の屋上から街を眺めながら、雷地はつぶやいた。

「操作はムズいし魔力は喰うし……常時あんなのやってるなんて、九時宮センパイはバケモンが過ぎるだろ」

波村静那との対戦を終えた雷地は、そのまま教室に戻る気分にもならなかった。

ぶらぶらと校内探検をした末に、なんとなく屋上に流れ着いたのだ。

他には誰もいない。

ベンチがあるわけでも自販機があるわけでもない。

吹きさらしの屋上に、わざわざ用がある生徒もいないだろう。


「【鑑定眼】索敵モード」

雷地は目に埋め込まれたスキル【鑑定眼】を作動させた。

途端に、見えている世界全体が夕方程度まで薄暗くなった。

『光を見る』という眼球本来の機能を、一部だけ別の物を見るために割《さ》いたからだ。

「こんなんで、見つかるかな」

まず、雷地は屋上から校庭を見下ろした。

大会が近いのか、野球部員たちが校庭の半分を借りきって練習をしている。

雷地の視界の中では、そんな彼らの身体《からだ》から青い炎のような物が立ち上っているのが見える。

測定したレベルを可視化し、一目で分かるように炎の大きさで表現したものだ。

元は隠れている魔物を見つけたり、魔物の群れと遭遇《そうぐう》した際に弱い敵から効率よく撃破したりしていくための機能だ。

これを使えば、この東京に潜む異能者も、効率よく見つけられるんじゃないか。

そう思って試しているが、異能者はなかなか見つからない。

「うーん……」

今度は学園の外を見てみる。

神田川《かんだがわ》沿い、都道五号線の歩道を歩く人。

聖橋《ひじりはし》を渡っている通行人。

眼下の校庭で部活の昼練に励《はげ》んでいる生徒たち。

パッと視界に入る限りでは、大きい炎は見つからない。

一四〇〇万人中の一〇〇〇人は、どうやらそう簡単には見つからないらしい。

「そもそも人って、そんなに視界に入るもんでもないんだな」

【鑑定眼】は肉眼で直接相手を見なければ『力』を測定できない。

たとえば車の中や建物の中など、ガラスに隔《へだ》てられた相手のレベルを測定することはできない。

もっとも、いくつかの例外はあるが……

「おっ？」

その時、神田川沿いの線路を中央線《ちゅうおうせん》快速列車が通過した。

普段なら目にも留めない、数分おきに起こる日常的なイベントに過ぎない。

しかし、その列車だけは違った。

「マジかよ……っ！」

蛇のように連なったオレンジ色の車両の一つから、異常な量の青い炎が立ち上っている。

「車両から漏《も》れ出すほどの魔力……！」

個人か？　それとも異能者の集団か？

集団だとしたら、中央線でまとまって移動する異能者集団って、なんだよ!?

雷地は思わず車両を目で追ったが、電車は御茶ノ水駅《おちゃのみずえき》で数十秒停車した後、水道橋駅《すいどうばしえき》方面へと走り去っていった。

追いつく方法はないし、後からそれが誰だったか確認する方法もない。

ただ、見えただけだった。

それでも雷地は思う。

「はは……やっぱり東京っておもしろっ」

ふと見下ろした視界の端、校舎内の中庭に、『力』の塊《かたまり》が見えた。

「おっ？」

まだ遭遇していない魔法少女だろうか。

それとも、一狼《いちろう》のような異能者だろうか。

目を凝《こ》らして見ると、見覚えのある姿だった。

「なんだ、九時宮センパイか」

雷地は少しがっかりした調子でつぶやいた。

針乃は格別に強いが、今は戦えない。

『最高ランクまで上がっておいで。そうしたら、この前の続きをシよう』

戦う条件のこともそうだし、最強クラスの魔法少女と戦うには、雷地自身の手札がまだ足りていないように感じる。

だから、今は用がない。

「はぁ……」

どこかに、今の自分と本気で戦ってくれる相手はいないだろうか。

そう思って、雷地はため息を吐いた。

「ふふ、人のこと見てため息なんて、ひどいなぁ舞蘭くん」

「……っ！」

「それとも、恋かな？」

横を見ると、針乃がいた。

すぐ真横、ポケットに手を突っ込んでいた雷地とヒジ同士がぶつかり合いそうな距離だ。

「セ、センパイ……ッ！」

速い。

雷地が針乃から目を離してから、体感時間では十秒も経っていない。

【時間】を操ったにしても、一階の中庭から屋上まで上がってこられるはずが……

「どうしたの？」

「い、いやぁ……相変わらず速いッスね」

「ちょっとした手品だよ。【時間】をいじった上で、中庭の内壁を蹴《け》って上がってきたんだ」

「へ、へぇ……」

普段からこうやって瞬間移動じみたことをしているのだろう。

彼女なら、同時に複数の場所に存在するぐらいのことは、やってのけそうだ。

「それよりさ。【裏門】、頑張ってる？　ランクは？」


【裏門】のプレイヤーには、戦績に応じてランクが振り分けられる。

異能に目覚めたばかりの初心者が、まずは力の使い方を学ぶ【ブロンズ】。

慣れてきたプレイヤーが互いの異能を比べ合う【シルバー】。

中堅プレイヤーたちが真剣に戦いを学び始める【ゴールド】。

上級者への足掛かり【プラチナ】。

最高ランクを前に切磋琢磨《せっさたくま》を繰り返す【ダイヤモンド】。

そして、最高ランク帯【マスター】。

同じランク帯で勝てば勝つほど、ランクが上がっていく仕組みだ。


「さっき、【水】使いの子に勝って【シルバー】に上がりましたよ」

「へぇ、早いね。相手は静那ちゃんかな。あの子、スジが良いでしょ」

「正直、将来が怖いっスよ」

「ふふふ、でしょ？」

針乃は得意げに口元に笑みを浮かべた。

「私、湯島学園に通ってる魔法少女たちの教育指導を担当してるんだ。きっと皆、私ぐらいのレベルには強くなると思うよ」

「怖い冗談やめてくださいよ」

「いやいや、真面目《まじめ》な話。キミや『一ッちゃん』レベルの異能者と渡り合う人材が私以外にも沢山《たくさん》いてほしいからね」

「一ッちゃん？」

「一狼ちゃん。ほら、キミも戦ったでしょ、山神《やまがみ》一狼」

「あー……」

「楽しかったでしょ？」

「いや、まあ。楽しかったは楽しかったんスけどねぇ……」

「え、なにその反応？　らしくないね」

珍しく、針乃が驚いた様子で首を傾《かし》げた。

「舞薗くん、本気の一ッちゃんと戦ったんじゃないの？」

「いや、その、なんつうか……一狼のやつ、途中でわざと気絶して対戦を止めちゃったんスよ。それでなんというか、不完全燃焼っつーか」

「あー、そういうこと」

針乃は珍しく、呆《あき》れた様子で息を吐いた。

「やれやれ、一ッちゃんは仕方がないなぁ」

（この人も、ため息とか吐くんだな……）

そう思って見ていると、針乃は雷地の顔を見やった。

「舞薗くんは一ッちゃんと相性良いと思ったんだけど、逆効果になっちゃったかな」

「相性……？　なんの話スか」

「んー、こっちの話」

針乃はポンと手を打った。

「じゃあさ、舞薗くん。そういうことだったら一つ、提案があるんだけど」

「なんスか」

「今月の十五日、予定空《あ》けといて。そしたら本気の一ッちゃんと遊ばせてあげる」

「えー……」

それは願ったり叶ったりな提案だ。

ただ、針乃がいかにも悪だくみの顔をしているのが怖い。

「もしかして、一ッちゃんの本気を見るのが怖いの？」

「そうじゃなくて、センパイが怖いんスよ」

「えー？　女子に向かってひどいこと言うなー」

針乃は感情の籠《こ》もってない声で言った。

「ただの女子は、人に呪《まじな》いなんてかけないでしょ」

「そうかな？」

「そうッスよ」

「じゃあ、呪いじゃない普通のもしてみる？」

「え？」

針乃の手が、雷地の手を彼女の頬《ほお》に導いた。

雷地の掌《てのひら》にふわりと柔らかい感触。

針乃がほっぺを雷地の手に預けたのだ。

「はじめてを奪っちゃったお詫《わ》び。今度はそっちからしていいよ」

「な……っ！」

雷地の思考がフリーズした。

な、何を考えてるんだ、この人は。

そういうところが女子……っていうか、常人離れしてるんだって！

手から伝わってくる頬の柔らかさが、逆に恐ろしい。

雷地は、とっさに後ずさった。

「ば、馬鹿なこと言うなよセンパイ。そういう貸し借りですることじゃないだろ」

「あ、そう？　舞蘭くんはツレないなぁ」

針乃はつまらなそうにつぶやくと、クスリと微笑《ほほえ》んだ。

「ま、いいや。じゃあ十五日、よろしくね」

針乃は雷地の返事を待たず、屋上の転落防止柵《さく》に手をかけ飛び越えた。

「またね、舞蘭くん」

「ちょっ……」

雷地が引き留める間もなく、針乃は柵の向こう側へと落下した。

「……っ！」

慌てて柵の下の地面を確認したが、もちろん落下した針乃の姿はない。

着地したのか、途中でどこかに摑《つか》まったのか。

あるいは、もっと別の何かをしたのか。

いずれにせよ、針乃が【時間】魔法を駆使している以上は看破不可能の手品だ。

「とんでもないな、あの人は……」

高層ビルから飛び降りたって、ピンピンしてるんじゃないか？

根拠はないが、雷地はそんなことを思った。

#8『【表】と【裏】』

【15日の件について】

連絡が遅くなってごめんね、舞薗くん。

一ッちゃんと戦う件だけど、15日の18時までに下記の住所を訪ねてもらえば大丈夫。

私は任務で立ち会えなくなっちゃったんだけど、話は通しておくから。

殺すつもりで戦ってあげてね。

そうすれば、あの子もきっと喜ぶから。

東京都台東区《たいとうく》浅草《あさくさ》[redacted]丁目　[redacted]－[redacted]
心《シン》日本《にほん》武道《ぶどう》・六衛流道場

「……ってか、センパイにアドレス教えてたっけ?」

針乃から届いたメッセージを再確認しながら、雷地は心の中でつぶやいた。

雷地は浅草・浅草寺《せんそうじ》にいた。

世界的な観光名所『雷門《かみなりもん》』をくぐり、参道を途中で曲がってアーケード街に入る。

観光街なだけあり、見渡す限りには土産物店《みやげものてん》や飲食店が立ち並んでいる。

平日の夕方だというのに国内外からの観光客で賑《にぎ》わい、レンタル和服で闊歩《かっぽ》したり、土産の扇子《せんす》をパタパタあおいだりしている。

あまりにも【表】の東京だ。

【裏】の気配はぜんぜん感じられない。


しかし、【表】が目を引けば引くほど、そこには深い【裏】がある。

【表】と【裏】とはそういうものなのだ。


「こんなところに、本当に道場なんてあるのか？」

住所を見る限り、このアーケード街で合っているらしい。

心日本武道・六衛流道場。

魔法少女たちの強さの源【六衛流】の道場がこんなところに？

「仮に見つけたとしても、本気で戦えるか怪しいぞ」

これだけ建物が密集した土地だ。

仮に場所を見つけたとしてもスペースがない。

あったとして、町のダンス教室ぐらいの規模ぐらいしかないんじゃないか。

「うーん……」

周囲の地形とスマホの地図を照らし合わせながら、雷地はうなる。

その時、ふと足元に古びた看板を見つけた。

心日本武道・六衛流道場
無料体験受付中　お気軽にどうぞ

看板といってもベニヤ板に油性マジックか何かで走り書きされた粗末な板切れだ。それが、シャッターの下りた小さなビルの一階、地下へと降りる階段の入り口に、投げやりに立てかけてある。

「ええ？」

「古武術の道場が、地下？」

もっとこう、塀《へい》に囲まれた日本家屋とかにあるもんじゃないのか？

階段を覗《のぞ》き込むと、どうやら半地下の物件に続いているようだ。

「これじゃあライブハウスとか居酒屋にしか見えないぞ」

とは言え、地下に古武術の道場がないと言い切れる根拠もない。

針乃から送られてきた住所も、確かにここを示している。

「……いくか」

雷地は息を呑《の》み、階段に足をかけた。

薄汚れ、ペットボトルのゴミなどが散乱している階段を、ゆっくりと降りる。

空気の流れがない。

カビっぽい、淀《よど》んだ匂《にお》いがした。

「こんなところで、運動とかできるのか……？」

階段を降りた先、建物の地下階へと続くドアを前に、雷地はぼやいた。

金属製の重たそうなドアだ。

ドアの横には、上にあったのと同じ粗末な看板。

しかし上から見た通り、人がここを使っているような形跡がない。

「……？」

ただ一点。

塗装《とそう》が剝《は》がれて錆《さ》び付いたドアの、ドアノブだけがなぜか汚れ一つない。

よく使いこまれた金属製品特有の、やや曇った光沢《こうたく》を放っている。

「どうして、ドアノブだけがキレイなんだ……？」

誰かが頻繁《ひんぱん》に触れているのだろうか。

ドアは開かずに、このドアノブにだけ……？

雷地は吸い寄せられるように、ドアノブを摑《つか》んだ。

「いらっしゃい、舞薗くん」

「ッ⁉」

ドアノブから、人の手を摑んだような感触がした。

それに、針乃の声が聞こえたような気が……

「今のは……トラップか？」

異世界でたまに見かけた、転送系の罠《わな》に感触が似ていた。

魔法陣を仕込んだ物品を用い、人を予《あらかじ》め指定した場所に送ったり、仲間同士の秘密の抜け道を作ったりする、高等な魔術テクニックだ。

容易に触れるべきではなかった？

「いや……」

怯《ひる》んでいた雷地は、すぐに思い直す。

このドアがどういう効果を持っているか、考えてもあまり意味がない。

「何かあるってことは、ここで合ってるってことだな」

雷地は覚悟すると、もう一回ドアノブを摑んだ。

今度はこちらからも握手するつもりで握りしめた。

しかし、今度は何も起こらない。

「あれ？」

もしかして、勘違いだったのだろうか？

そう思って雷地が階段の方を振り返ると、そこには壁があった。

「ん？」

階段が……消えた？

いや、違う。

雷地の方が、階段の前から消えたのだ。

そこはもう、浅草のアーケード街ではなかった。

「ここは……⁉」

どこか、大きなビルの中のようだ。

普通なら会社のオフィスや施設があるような物件の入り口に、雷地は立っていた。

「！　さっきの時点で、もう転送されてたのか！」

落ち着いて気配を研《と》ぎ澄ませると、【裏門】によく似た結界術の気配が周囲に満ちていた。

どうやら、あのドアノブに触れた異能者をここに飛ばす仕組みのようだ。

まさか東京で、ダンジョン内で起こるような出来事に出くわすとは……

「面白いこと考えるじゃんか」

土足のまま廊下《ろうか》を進むと、かなり広い部屋に出た。

コンクリート吹きさらし、フロア一つを丸々ぶち抜いた、殺風景《さっぷうけい》で広大な空間だ。

相変わらず古武術の道場とは思えないが、床一面には畳《たたみ》が敷いてある。

整備され、清潔な環境が保たれていた。


テロン♪

スマホにメッセージの着信があった。

針乃からだ。


入室できたみたいだね。

驚いたかもだけど、そこで合ってるよ。

そのフロアは私専用だから、更衣室やシャワー、タオルも自由に使っていいよ。

もし必要だったら、ロッカーの道着もどうぞ。


「……」

雷地はスマホの画面を凝視した。

「タイミングが完璧《かんぺき》すぎる……九時宮センパイだからなのか？」

それとも、監視カメラでもあるのか？

雷地は辺りを見回したが、それらしきものは見当たらない。

「気にするだけ、無駄か」

相手は、東京にダンジョン相当の仕掛けを作れる組織だ。

その気になれば、雷地のトイレや風呂すらモニタリングするぐらいは楽勝だろう。

「魔法少女隊、怖すぎるぞ……」

雷地は諦めると、廊下脇のドアを開けた。

シャワー室完備のロッカールームだ。

それも、汚れ一つない。

旅館やホテルに泊まりに来たような気分だ。

「……じゃあ、遠慮《えんりょ》なく使わせてもらいますからね！」

いちおう口に出して断りを入れつつ、雷地はロッカールームに入った。


約束の時間に近づいていた。

窓のないフロアの外では、きっともう陽が落ちる頃合いだろう。

雷地は畳にあぐらをかいて座り、相手の到着を待っていた。

「……落ち着かないな」

まるで、デートの待ち合わせか何かのようだ。

「前戦った時、一狼は瞑想《めいそう》してたっけ」

雷地はあぐらをかいたまま目をつぶってみる。

しかし、感覚を研ぎ澄ませれば研ぎ澄ませるほど、今いる空間の広大さが感じられて、逆に落ち着かない。

それに、針乃から借りた道着も少しだけ気になる。

まるで花のような、甘い香りがした。

何の気なしに借りて着た道着だったが、なんだか悪いことをしている気になってくる。

「うーん……」


それと、もう一つ気がかりなことがあった。

『殺すつもりで戦ってあげてね。そうすれば、あの子もきっと喜ぶから』

針乃のメッセージにあった言葉が、妙に頭に引っかかる。

「『殺すつもりで』だなんて、物騒だな」

針乃ほどの実力者が『殺す』という言葉の重みを知らないはずがない。

「それに、一狼が喜ぶ？　一狼は、そういうタイプじゃないだろ……」

雷地の元『異世界勇者』としての経験が、そう告げていた。


異世界では、雷地は常に命の奪い合いに巻き込まれていた。

だからこそ、分かることがある。

命のかかった殺し合いは、結果がどうなったとしても、必ず人の心に毒を残す。

戦闘がどれだけ強くても意味がない。身体《からだ》ではなく心の問題だからだ。


相手が強ければ恐怖が。

相手が弱ければ罪悪感が。

同格ならその両方が。

戦いが終わった後もずっと、ジクジクと心を蝕《むしば》む。

雷地が【裏東京《うらとうきょう》】での戦いを楽しめているのは、あくまで【裏門】というゲームだからだ。

『力比べ』であるという双方の同意と、【裏門】による『死なない』という保証のおかげだ。

そうでなかったら、いくら相手が同格だろうと雷地はあの山手線《やまのてせん》で【ゆうしゃのつるぎ】は抜かなかっただろう。


しかしその一方で、殺し合いに喜びを感じる使い手も、確かにいる。

相手が強ければ歓喜を。

弱ければ加虐心《かぎゃくしん》を。

同格ならその両方を。

戦えば戦うほど心が満たされる、生まれついての戦士がいるのだ。

あえてそういう存在に名前を付けるなら、『天才』。

もしくは『変態』のどちらかだろう。

なんにせよ、一狼がそういう存在だとは雷地にはとても思えないが……。


ガチャ。

道場の入り口から扉の開く物音がした。
「！　来たか……？」
雷地は、息を呑《の》んで廊下の様子を窺《うかが》った。
一狼か？
声をかけようかと思って立ち上がった雷地は、奇妙な音を聞いた。
「はぁ…………ッ！　はぁ…………ッ！」
荒々しい息遣い。
それに、ヒタヒタと這《は》うような音がした。
たっ…たっ…たっ…たっ…………
音のリズム的に、二足ではなく四足だろうか？
人のそれとは思えない移動音だ。
「魔物……じゃ、ないよな？」
雷地は念のため、息を殺して身構えた。
東京とは言え、ダンジョンのような仕掛けがある場所だ。
魔物がいないとも限らないではないか。
それに、相手の気配の鋭さは異世界で幾度となく戦った魔獣を思わせた。
強靭《きょうじん》な脚力と鋭い牙を持ち、一度つかまれば一噛《ひとか》みで骨まで砕《くだ》かれてしまう。

廊下を這って近づいてくる相手から、雷地はそういう存在の気配を感じていた。

（声をかけるべきか？　いや、そもそもこの相手に話が通じるのか……？）

どちらにせよ、ただならない相手なのは確かだ。

相手が廊下の死角から姿を現した瞬間、ひとまず軽く仕掛ける。

雷地は心に決めると、格闘の構えを保ったまま、ソロソロと畳を横に進み、角の向こうから死角になる場所へと移動する。

しかし、所詮《しょせん》は素人《しろうと》の足運びだ。

雷地はミスをした。


ギシッ。


畳の縁を踏んだ瞬間、畳が沈み込んで軋《きし》む音が響いた。

「……ッ」

マズい！

雷地がそう思うと同時に、相手は動き出した。

「がうッ」

低い唸《うな》り声をあげて、道着姿の人物が畳の上へと躍り出た。

四足で畳を蹴《け》り「ダダッ」と踏み鳴らしながら、こちらへと迫ってくる。

「速いッ！」

雷地は反射的に【雷】魔力を纏《まと》った右手で迎撃するが、相手にはかすりもしない。

しかも、速いだけじゃない。

低い重心で動く四足獣相手には、パンチでの攻撃は効果が薄い。

蹴り上げてやる！

雷地がそう判断するより一瞬早く、相手が次の手を打った。

雷地の足元に到達した相手は、低い姿勢のまま雷地の左足に摑《つか》みかかった。

全体重をかけたタックルだ。

「うおっ⁉」

雷地は、なすすべもなく引き倒された。

「がうッ！　ギヤウぁッ！」

相手は雷地に覆《おお》いかぶさるようにマウントを取り、両手首を押さえた。

そして、大きく口を開き、雷地の首元に顔を寄せた。

「喰われる……ッ！」

【雷】で、迎撃しなくては！

雷地が魔力を練《ね》ろうとした、その時だった。

「き、キミは⁉」

相手は驚いた様子で声を漏《も》らすと、雷地から飛び退いた。

「あ、危ないところだった……」

雷地はどうにか起き上がる。

相手は、雷地から数メートルの距離に飛び退いていた。

反撃を警戒していた？

いや、違う。

どうやら、相手が雷地だと分かって戸惑っているようだ。

【人物鑑定】
名前：山神一狼
レベル：77
属性：気、獣、神
クラス：武闘家、山伏《やまぶし》、人狼
状態：身体強化、感覚強化、狂獣化、理力低下
発動中スキル：【過剰闘気《かじょうとうき》】【魔性の魅力】【狂獣月禍《きょうじゅうげっか》】

「やっぱり、一狼だよな……？」

襲ってきたのは、一狼だった。

一狼でないはずがない。

飛び出してきた姿を見た時から、それは分かっていた。

しかし、中身まで雷地が知る一狼本人なのかどうかは確信できなかった。

それほどまでに動きが獣じみていて、表情に人間味が感じられなかった。

まるで動物の顔を覗《のぞ》き込んだ時のような、本能に支配された顔だ。

「雷地くん……ッ⁉　どうしてキミがここにいるんだ⁉」

肩で息をしながら、一狼がたずねた。

どうやら、理性が戻っているようだ。

苦しそうなのは、理性で獣性を抑えているから……？

「驚かせて悪かった、一狼」

雷地はホッと息を吐きつつ、構えを解いた。

「実は九時宮センパイに頼み込んで、再戦の機会を作ってもらったんだ。それで、ここに来るように言われて……」

雷地は、嫌な予感がしたのでたずねた。

「もしかして、センパイから何も聞いてない感じか？」

「あ、ああ。てっきり、針ちゃんがボクを待っているとばかり……」

「ったく、あのセンパイは……話は通しとくって言ってたのになぁ」

雷地はぼやくと、何の気なしに一狼の方へ歩み寄ろうとした。

大した理由はない。

もう少し距離が近い方が話しやすいと思ったからだ。

「く、来るな！」

「え？」

一狼は、雷地が進んだ分以上に、大きく飛び退いた。

「どうしたんだ、一狼」

「い、いいから！　今のボクに近づかないでくれ！」

「……？　もしかして、俺を警戒してるのか？　そりゃあ待ち伏せするような真似《まね》しちゃって悪かったとは思うけどさ、俺はただ純粋に……」

「そうじゃない！　今、キミに近寄られたら、ボクはまたおかしくなってしまうっ！」

「おかしくなる……？　どうして？」

「分からないのか！　雷地くん、キミは……キミはさぁ……ッ！」

一狼は、上擦った声で吐き出すように言った。


「エロ過ぎるんだよッ！　満月の日にボクの前に出てくるなんて、ブチ■されたいのかッ!?」


「へ……？」

今、「エロ」って言ったか？

雷地の脳の中は、テストでどんな難問を前にした時よりも、真っ白になった。

#9『山神一狼』

山神一狼は、人狼の一族『山神』の家に生まれた長女だ。

代々、山神家の子供は身体《からだ》に『狼』を宿して生まれてくる。

その『狼』は雄《おす》と伝えられており、ゆえに子供たちは性別に関係なく男子として育てられ、武術を身に付け強くあることを絶対の掟《おきて》として定められている。

幼き日の一狼には、家の歴史や掟などという難しいことはよく分からなかった。

ただ、自分がどちらかといえば男子寄りな存在であることは、小さな頃から理解していた。

武術は好きだし、幼稚園や小学校でも男子の方と気が合った。

それに、初恋の相手は魔法少女だった。


小学二年生の時。

街で見かけた一際《ひときわ》強い『力』を持った女子中学生に、一狼は目を奪われた。

その子のことを考えると全身がモゾモゾし、心臓がドキドキして眠れなかった。

ある日こっそり母にその話をすると、父はその子が魔法少女隊『山茶花《さざんか》』の魔法少女であることを調べてくれた。

山神家は東京の異能者勢力の中でも名門だ。

魔法少女たちとのコネもあり、一狼は初恋の相手とすぐに再会することができた。

相手の魔法少女は戸惑いつつも、一狼に優しく接してくれた。

有力異能者の御曹司《おんぞうし》という面倒な背景はあったが、一回り年下の、お人形さんのような顔をした女の子に一目惚《ひとめぼ》れされたのだ。

奇妙には思っただろうが、悪い気もしなかっただろう。

「ねぇ、一狼ちゃん。何して遊ぼっか」

「お姉さんと戦ってみたい！　お姉さん、強いんでしょ？」

「いいよ」


結果は、一狼の圧勝だった。

一狼はその時のことを、今でもよく覚えている。

「お姉さん、もう終わりなの？」

「む、無理……強すぎるよ、一狼ちゃん……」

「……そっか」

その時、一狼の心を満たしていたのは、強い快感を伴《ともな》う戦いの余韻《よいん》。

そして足元で苦しみうめいている初恋相手への興味が冷めていく感覚だった。

「雷地くん、人間の三大欲求って何か知ってるよね」

六衛流道場の畳《たたみ》の上にて。

雷地から十メートル以上離れた位置から、一狼はたずねた。

「そりゃあ、食欲と睡眠欲と、せ……性欲、だろ?」

「その通り。だけどボクの場合は違う」

「?」

「食事、睡眠、戦闘。それがボクを構成する欲求なんだ」

一狼は、広い道場の体育座りをして、自分の身体をなるべく小さく縮こまらせて、身体の中にいるようにも見えたし、膝を抱えている。

しょげているようにも見えたし、膝を抱えている。


「そもそも、太古《たいこ》の生き物が性欲を持ったのは、死ぬからだ。その種が絶滅しないためには、数を増やすしかなかったんだ」

「……そりゃあまあ、そうだよな」

「だけど、ボクの身体の中にいる『狼』の神様は、生物としての肉体を捨てている。繁殖《はんしょく》する機能を宿主である人間に委《ゆだ》ねてしまった存在なんだ」

そうなるとね。

「『狼』……『ヤマガミサマ』は、ボクにより強い相手と子供を作ることを望んでいる。本能に語り掛けてくるんだ。『もっと強いヤツと戦え。もっともっと強いヤツと戦え』って。そのくせ、一度倒した相手のことはすぐにどうでもよくなって、忘れちゃうんだ。だって、弱い奴と子供を作って、新しい宿主にされたら困っちゃうからね」

「……勝手な神様だな」

「かもね。でも、繁殖のために他者を利用するって意味じゃ、生物はみんな勝手だよ」

一狼はくすりと笑った。

「男子だってさ、みんな女子のこと見る時、胸やスカートばかり見てるじゃないか」

「俺は見てねぇし」

「ダウト。ボクのもチラチラ見てたでしょ。あと、唇とかも」

「……ごめん」

「謝らなくていいよ。ボクだって同じだ。強い人を見ると、『この人と闘《ヤ》れるかな』って、そういう目で見ちゃうんだから。その意味で、雷地くんはエロい。すごくエロいんだよ」

「……」

不思議な感じだ。

『エロい』という言葉も、一狼が使うと切実なのにいやらしくは感じない。

「ぶっちゃけた話、そういう強い相手と戦ってる時、たぶんボクは普通の人が感じるより遥《はる》かに強い快感を得ていると思うよ。それ自体は、まあ……悪くないよね」

一狼は、一瞬だけ『王子』らしくない顔で笑った。

「ただねぇ……」

一狼は大きくため息を吐いた。

「ボク、この冷めっぽさだけはどうしても嫌なんだよ。好きで好きでたまらなくなった相手が、手に入った途端、赤の他人に変わる。そんな自分がイヤなんだ」

「……ひどい賢者タイムみたいなもんか」

「最悪の喩《たと》えだね。でも、間違ってないよ。ボクはそうやって何人もの相手を闘《ヤ》り捨ててきてしまった。ボクが安心して付き合えるのは、異能や戦いにまったく縁がない子猫ちゃんたち、もしくは圧倒的な強者だけだ」

一狼は微笑《ほほえ》んだ。

「剝《む》き出しになったボクの『戦闘欲』に今も付き合ってくれているのは、針ちゃんだけ。彼女だけはどうしても倒せる気がしない。だからこそ、ボクは安心して友達付き合いができる」

「やっぱ強いんだな、あの人」

「うん。だから毎月、満月の日にはボクの高まる『欲』を解消してもらってるんだ。針ちゃんがいなかったら、ボクは今頃戦闘狂の殺人鬼にでもなってたかもね」

「馬鹿言うなよ」

雷地は、ごくりと唾《つば》を呑《の》んだ。

「一狼、悪かった。何も知らずに、無邪気に戦いたいからって理由で押しかけちゃって……」

「いや、それは嬉しいんだ。キミがボクと戦いたいと思ってくれていたこと。片思いが通じたように、嬉しくはあるんだ。でも……」

一狼は強く膝を抱えた。

「怖いんだ。一度欲求に身を任せて本気を出してしまったら、ボクは手加減というものができない。針ちゃん以外にボクを確実に止められる確信がない」

一狼は、雷地を見た。

「雷地くん、キミは強いよ。ボクが自分を抑えられなくなるぐらいにはね。でも、針ちゃんほど圧倒的じゃない。せっかく仲良くなれるかもしれない異能者の友達を、失いたくないんだ」

「……なるほどな」

雷地は相槌《あいづち》を打ちつつ、一狼のこれまで抱いてきた苦しみに思いをはせた。

それは、しょせん他人である雷地が想像するのもおこがましいことなのかもしれない。

ただひとつ、分からないことがあった。

「なあ一狼、ひとつ質問いいか？」

「なあに？」

「一狼は、一度相手に勝っちゃうと、そいつに飽《あ》きちゃうんだろ？」

「うん」

「じゃあ、その相手にリベンジされて負けたら、どうなるんだ」

「え？」

「だって、相手も負けっぱなしじゃいられないだろ。頑張って鍛え直せば勝てるかもしれないじゃないか」

「……その質問には、答えられないよ。ボクにリベンジで勝てた人はいないんだ」

「じゃあ、俺が試してみようか」

雷地は、一狼に歩み寄って手を差し伸べた。

「約束する。もし本気で戦って負けたとしても、俺は絶対にリベンジする。一狼が俺をどんなに冷たくあしらおうと、しつこく、何度でも。九時宮センパイを無理やり修行に付き合わせて、お前より速いペースで強くなってやるさ」

雷地は、宣言しながら理解した。


『殺すつもりで戦ってあげてね。そうすれば、あの子もきっと喜ぶから』


針乃のあのメッセージは「命を懸《か》けろ」と言っていたのだ。

命懸けの勝負は、一回負けても生き残りさえすれば、その先も続く。

命が懸かっていれば、誰だって勝つまで挑み、戦い続けなくてはならない。

一狼に戦いを挑むには、そういう覚悟が必要なのだ。


だから、雷地は迷わずその剣を抜いた。

「抜剣《ばっけん》【ゆうしゃのつるぎ】」

体内に収めてあった切り札、最強の片手突撃剣を引き抜き、雷地は右手に構えた。

「それがキミの切り札か……」

「どうだ、少しは戦いたくなってきたかよ？」

「もちろんさ。でも、どうしてそこまでしてくれるんだい……？」

「さっきも言っただろ、一狼」

「？」

「そもそも俺は、本気のお前と戦いたくてここに来たんだ。闘《ヤ》りたいのは、なにもお前だけじゃないってことさ」

「……ああそうか、そうだったね。嬉しいよ、雷地くん」

一狼は、道着の袖《そで》で軽く顔を拭《ぬぐ》うと、立ち上がった。

「見せてあげるよ、雷地くん。どうしてボクたちが【人狼】と呼ばれるのか。その所以《ゆえん》を」

一狼は、道着の上を脱ぎ捨てた。

現れたのは、タンクトップを纏《まと》った引き締まった肉体。

その背から、白煙が溢《あふ》れ出している。

「見たまえよ。ボクの身体《からだ》から溢れ出す『気』が、まるで毛皮みたいだろ？」

「ああ。カッコ良すぎるぜ、一狼」

噴き出す『気』の量は、これまでの一狼と比べ物にならなかった。

【人物鑑定】
名前：山神一狼

レベル：99
属性：気、獣、神
クラス：武闘家、山伏《やまぶし》、人狼
状態：身体強化、感覚強化、神懸かり
発動中スキル：【過剰闘気《かじょうとうき》】【魔性の魅力】【神獣憑依《しんじゅうひょうい》】【狂獣月禍《きょうじゅうげつか》】

「来た！　レベル99……ッ！」

変身状態の九時宮針乃。

そして、魔王討伐《とうばつ》時の雷地に並ぶ、人類の限界値。

やはり一狼も到達していたのだ。

雷地がニヤッと笑みを浮かべたのも束の間《つかのま》。

「行くよ、雷地くん」

雷地の道着の裾《すそ》を、一狼の手が掴《つか》んでいた。

「速ッ……!?」

針乃のように【時間】魔法を駆使したわけではない。

圧倒的な身体能力による早業《はやわざ》だ。

「また投げる気か!?」

しかし、雷地もこれで一狼に投げられるのは三度目だ。

二回も受ければ、それなりに受ける感覚というものが分かってくる。

受け身を取って、すぐに反撃する。

そう心に決めていた雷地の目の前に、畳《たたみ》が迫っていた。


投げ技は、その美しさゆえにどことなく殺傷能力が低い技のように扱われがちだ。

しかしそれは、生かしたまま相手を制圧するために磨《みが》き上げられた武道の一側面に過ぎない。

本来の投げ技は、大地で相手を殴《なぐ》りつける必殺の術だ。

雷地に襲いかかったのは、剝き出しの殺意だった。


「へぶぁッ⁉」

手加減も配慮《はいりょ》もゼロ。

雷地は思いっきり畳に顔面から激突した。

脳が、頭蓋《ずがい》が、意識が……いや、世界が揺れた。

針乃にみぞおちを蹴《け》られた時と同じだ。

相手の『力』が体内に直接打ち込まれ、脳や感覚系を含めたすべての内臓をひっくり返してしまったのだ。

「くっ、おぉ……ッ！」

平衡感覚が狂い、世界がぐらぐらと揺れている。

今、自分が畳に這《は》いつくばっていることは辛《かろ》うじて分かる。

しかしその体勢がうつ伏せなのか仰向《あおむ》けなのかすら、今の雷地にはよく分からない。

「ヌルいよ、雷地くん」

這いつくばる雷地の頭上から、一閃《いっせん》。

踵落《かかとお》としのように振り落とされた一狼の足が、雷地の頭部を再び畳へと叩きつけた。

「ゴゲッ！」

つぶれたカエルのような鳴き声を上げて、雷地は畳に沈み込んだ。

一狼は、そんな雷地を見下ろし、深くため息を吐いた。

「あのさぁ、ボクをその気にさせておいて、こんな簡単に終わったりしないよね？」

「ああ。もちろんだ」

雷地は、首をゴキゴキ鳴らしながら起き上がった。

二度床に叩きつけられてつぶれた顔面は、既に元に戻り始めていた。

「俺、ちょっとした怪我《けが》はすぐ治っちまうんだよ。まあ、目覚ましってところだな」

雷地は、額から垂れた血を拭いながら、ニヤリと笑った。

「一狼こそ、『狼』を名乗る割には、ちょっと行儀《ぎょうぎ》が良すぎるんじゃないか？」

「そそることを言うなよ、雷地くん……」

一狼は、とろんとした目で雷地を見つめた。

「[redacted]したくなっちゃうだろ……ッ！」

一狼の口の端から、どろりとよだれが垂れていた。

＃10『友人ＬＶ99』

古くから、東洋の思想には『気』という考え方がある。

人間の体内には目に見えない『気』が満ちていて、その働きを理解することで、より自在に身体を動かしたり、時には他人の身体にすら干渉したりできる、という考え方だ。

オカルトじみているように聞こえるかもしれないが、『気』は確かに存在する。

なぜなら、『気』は脳と神経回路が構築する人間の意識・運動・学習について、現代の脳科学で明らかになりつつある事実の多くを説明できるからだ。

『気』は、人間が思い描くイメージと、実際に機能する脳・神経・内臓の運動とを仲介《ちゆうかい》する。

たとえば我々が手で何かを握りしめる時、「ギュッとする」とイメージする。

脳から神経に伝わる指令には当然「ギュッとする」などという曖昧《あいまい》なコマンドは存在しない。

もし我々がロボットならば、

『各指の筋肉を収縮』させ、

『力を入れやすい姿勢に全身を制御』し、

『より力が入るように歯を嚙《か》みしめる』。

こういう一つ一つの命令を、いちいちプログラムに打ち込まなければならない。

しかし実際の我々は、

「ギュッとしたい」

そうイメージするだけで、複雑な行動をリアルタイムで実行できる。

もちろん、最初からできたわけではない。

誰でも赤ちゃんだった頃はプラスチックのスプーンを握りしめるのも一苦労だったはずだ。

しかし、その動作を何百、何千、何万と繰り返すうちに脳の神経がイメージと運動指令を結び付け、学習してくれる。

そのおかげで、今の我々は「ギュッとする」ことができる。

その働きを『気』と呼ぶことで、脳科学という知識を持たなかった人々でも、脳の仕組みに最適な学習・運動を行うことができたのだ。

その意味で、『気』は確かに存在すると言えるだろう。

脳神経回路の産物である『心』や『魂』もまた、その存在を信じられているように……

「『気』は誰にだってある。【六衛流】はね、ありふれた『気』の力で、異能者に打ち勝つための古流なんだよ」

ザワッと、一狼の背から噴き出る白煙が揺らめいた。

「ただ、ボクの『気』は神様の『気』。特別製でね。『見える人』には実体に見えちゃうんだ。

毛皮みたいだろう？　ＤＮＡ上では普通のボクが、【人狼】と呼ばれる、その理由さ」

一狼はうっとりとした声で言うと脱力し、身体を雷地に向けて傾けた。

「ボクの本気、受け止めてね♡」

言い終わると同時に、一狼は四足歩行の獣のように畳を蹴って雷地に飛びかかった。

【ゆうしゃのつるぎ】を持つ雷地にとって、相手から突っ込んでくるのは、むしろ絶好の迎撃チャンスになる……はずだった。

「何度見ても、慣れないな……ッ！」

速いだけなら、まだなんとかなる。

問題なのは、一狼の突撃姿勢が異様に低いことだ。

まるで地を這う蛇のように、地面を低く蹴って雷地に接近してくる。

それも、真っすぐにではない。

両手で地面を引っ掻《か》きながら、ジグザグに縫《ぬ》うような軌道だ。

これでは、剣で迎え撃つなど不可能だ。

無理に突いて躱《かわ》されてしまえば、次の瞬間には致命傷を受けてしまうだろう。

しかも、毛皮のように纏《まと》った白い『気』によって、一狼の姿が覆《おお》い隠されている。

手も足も、重心の動きも読めない。

ということは「いつ」「どこから」「どんな」攻撃が来るかも分からない。

人間と戦っている気が、まったくしなかった。

「がうッ」

一狼を覆い隠す『気』の隙間《すきま》から、突如何かが伸び上がった。

手刀か？

いや、違う。

両手を畳につけ、逆立ちのように伸ばされた足刀蹴《そくとう》りだ。

「くっ……！」

雷地はとっさに上体をそらして蹴りを躱した。

プツッと音を立てて、道着の肩部分が裂けた。

今の蹴りをまともに受けていたら、雷地の首がこうなっていただろう。

「惜《お》しい♪」

一狼はつぶやく間に、トップスピードで雷地とすれ違い、安全圏まで脱出していた。

雷地の【ゆうしゃのつるぎ】を警戒して、ヒット&アウェイで様子見のようだ。

「やりづれえな」

誉《ほ》め言葉のつもりで、雷地は言った。

「次は、肋骨《ろっこつ》をもらうよ♡」

一狼は囁《ささや》くと、再び雷地に接近した。

「っ！」

反射的に脇腹を腕でガードした雷地の顔面が、衝撃に歪んだ。

真正面に突き出された一狼の掌《てのひら》が、雷地の顔面を張り飛ばしていた。

「なんで……？　いま確かに、『肋骨』って……」

答えは、馬鹿なぐらい簡単なことだった。

「ウソかよ！」

脇腹を攻めると宣言しておいて、雷地の頭を攻めたのだ。

タネが分かれば間抜けなぐらい簡単なフェイントだ。

「せ、せこいことするなぁ……っ！」

「知らないのかい？　【人狼】は嘘を吐く生き物なんだよ」

一狼は、低い姿勢から上目遣いで雷地を見つめた。

その目が、きゅるんと潤んでいた。

「こんなボクは、キライ？」

「……ッ！」

一瞬、雷地の背にゾクッと甘い寒気が走った。

こんな声で甘えてくる一狼が、弱いと見れば相手への興味を一切失ってしまうのだ。

確かに、こんな目に遭《あ》ったら立ち直れないかもしれない。

「へへっ」

だからこそ、雷地も楽しくなってきた。

失うものが大きければ大きいほど、スリルは加速する。

どうやら雷地も、多少は『変態』の気があったようだ。

「いいや、嫌いじゃないぜ。今のは、引っかかった俺が悪い」

雷地は、どろりと垂れた鼻血を拭《ぬぐ》いつつ、笑った。

「面白いから、もっとそういうのでこいよ」

「あはっ♡　やーだよっ」

一狼は無邪気な子供のように笑うと、再び雷地を攻め立てた。

連続攻撃だ。

「足元がお留守だよ」と言って顔面に膝蹴《ひざげ》りを。

「ねえ、今ボクの胸見てたでしょ？」と言って足元にローキックを。

「いたた、足くじいちゃった」と言って手刀を。

「あれ？　針ちゃん来てたの？」と言って死角から回し蹴りを。

「あ、そこ。畳《たたみ》が凹《へこ》んでるから気を付けて」と言って足刀を。

一狼は次々と雷地に声を掛けながら、その言葉と関係なく攻撃を叩き込んだ。

ただでさえトリッキーな動きに加えて、真っ赤な嘘とくすぐるような言葉づかいがぐるぐると雷地の脳をかき回す。

異世界でこっそり飲ませてもらった蒸留酒《じょうりゅうしゅ》のように、頭がクラクラした。

「そろそろ、この遊びはやめよっか」

「やめよっか」の言葉を言い終わらない内に、一狼は雷地の裾《すそ》を摑《つか》みにかかった。

しかし、何度も同じ手に引っかかる雷地ではない。

すんでのところで飛び退《す》さり、一狼と距離を取る。

ヂッと音を立てて、道着の端が切れていた。

「ちぇっ、逃がしちゃった♡」

一狼は、雷地との距離を測りながらぼやく。

「ねえ雷地くん。どうしてその剣を使わないいんだい？　もしかして、手加減してくれてる？」

「急所を外す自信がないんだ。一狼が速すぎるから」

「嬉しいこと言ってくれるね」

一狼は、ニヤリと口をゆがめた。

「責任取ってくれるなら、顔でも目でも好きに抉《えぐ》っていいよ♡」

「やりづらいなぁ……」

雷地もぼやきつつ、構えを変えた。

「だから、今度はこっちの形に付き合ってもらうぜ」

雷地は宣言すると、左腕を盾のように突き出した。

速さで敵《かな》わないなら、防御力と攻撃力で勝つ。

左手の『盾』と、右手の『剣』を構え、一狼めがけて進撃を開始した。

雷地、初めての攻勢だ。

◆

「へぇ……愚直《ぐちょく》だね、雷地くん」

雷地の進撃に対し、一狼はほくそ笑んだ。

盾で上半身をガードしながらの突撃は、もしそれが本当に盾を持つ勇者だったなら、この上ない脅威《きょうい》だっただろう。

半端《はんぱ》な反撃をすれば盾に弾かれ、その間に右手の【つるぎ】で刈られる。

しかし、今の雷地の左手に『盾』はない。

魔力を纏っただけの素手だ。

一狼の攻撃を捌《さば》けるほどの防御力があるとは思えない。

「はは、隙だらけだね」

だからこそ、一狼は警戒していた。

見え透いた隙や弱点は、まず罠《わな》を疑わなくてはならない。

恋愛だろうと戦いだろうと、基本中の基本だ。

とはいえ、罠を恐れてジリジリ攻めあぐねるのも、中級者が陥《おちい》りがちな悪手だ。

大事なのは、罠の可能性に気付いたうえで、乗るか乗らないかを瞬時に決断することだ。

「面白い。狼をどう罠にハメるのか、見せてくれ！」

一狼は、雷地の罠ごと楽しむつもりで、迫る雷地の左手首に手を伸ばした。

「よし」

取れる！

手首を摑み、捻《ひね》って体勢を崩し、投げる。

この形の投げを千回は繰り返し鍛錬しているからこそ、一狼は確信した。

ここから一秒もかからず雷地を投げ飛ばすことができる。

そうなったら、そのまま倒れた雷地に馬乗りになって、後は好きに料理すればいい。

一狼の思考は「どう投げるか」ではなく、「どう勝つか」にシフトしつつあった。

その時だ。


一狼の頭の中で「バチン」と音がした。

「……え？」

次に、一狼の伸ばした右手から感覚が消失した。

既に「投げ」の方に意識を移行していた一狼は、とっさに右手があるべき場所を見た。

雷地の手首を摑んだはずの右手が、弾かれていた。

そのコンマ数秒後、一狼は理解する。

『摑めなかった』のではない。

『摑んでしまった』から、弾かれたのだ。


「『高圧電流に注意』だぜ、一狼」

「ッ!」

一狼はすべてを理解した。

『盾』として突き出された左手は、罠でも隙でもなかった。

本当に『盾』だったのだ。

【雷】魔力による高圧電撃であらゆるものを弾く盾。

一狼はまんまとそこに手を出し、『弾き《パリィ》』を喰らってしまったのだ。


となれば、次に来るのは右手の【つるぎ】だ。

手を弾かれ、一狼の上体が雷地に向けて開いてしまっている。

逃げるのが間に合わない。

両手での防御も間に合わない。

しかし一狼には、もう一つの武器があった。

「がうッ!」

一狼は唸《うな》り声をあげ、口を大きく開けて前進した。

狙うは雷地の首から肩にかけて。

防御ができないなら、攻撃すればいい。

【つるぎ】を喰らっても、急所を嚙《か》みちぎれば痛み分けだ。

「いいよ、雷地にならば貫かれてもいい」

しかし、そうはならなかった。

互いに互いの攻撃はすれ違い、二人は距離を取ったからだ。

「なんだ、避けちゃうのか」

一狼は雷地とすれ違いながら、「ちぇっ」と小さく舌打ちした。

「せっかくキミの首筋に『既成事実』を残せると思ったのに」

「皆には犬に嚙まれたって説明するさ」

「犬じゃないよ、狼さ！」


再び、両者互いに相手に向かって前進した。

「堅い！　堅すぎるよ、雷地くん！」

「ちょこまかすんなよ、一狼」

二人はしばらく、言葉もなく互いを攻め合った。

雷地は『剣』と『盾』、つまり攻撃力と防御力の基本スペックで一狼を上回っている。

一方の一狼は、機動力とスタミナにおいて圧倒的だ。

それゆえに、一狼は雷地の防御の隙《すき》を見るべくフェイントやスピードを駆使して立ち回り、雷地はその一つ一つに丁寧《ていねい》に対応する。

それはまるで、中世の騎士と狼の群れが戦っているかのようだ。

騎士は、一撃で狼を叩き斬れば務めを果たすことができる。

狼は、足か腕を潰せばご馳走《ちそう》にありつける。

互いに生き残りをかけた、人間VS野生の戦いだ。


「はぁ……♡　はぁ……♡」

「ふぅ――――……」

数十秒の交戦を経て、二人は息継ぎのために距離を取った。

呼吸の音だけが、コンクリート打ちっぱなしの道場に響く。

「楽しいね、雷地くん♡」

「ああ。楽し過ぎるぜ、一狼」

まるで初デートに出かけた恋人同士のような言葉を、二人は交わした。

「ずっと、このまま戦ってたいね」

「そうだな。でも、このままじゃ埒《らち》が明かないぞ」

「だね♡」

二人は確信していた。

今のまま戦っても、勝負は泥沼へと転がり落ちるだろう。

なぜなら、互いに決定打がないからだ。

雷地は、今のままでは防戦一方で一狼を捕まえられない。

逆に、一狼は翻弄《ほんろう》するだけでは雷地の『自動再生』込みのタフネスを越えられない。


大技のカードを切るタイミングだ。


互いにそれが分かっているから、距離を測り合いながら会話で場を繋《つな》いでいる。

「それにしてもすごいね、雷地くん。たった数分でボクの動きに対応するなんて」

ジリジリと距離を微調整しながら、一狼が会話を繋いだ。

「まあな。おかげで、摑めてきたぜ」

「何を？」

「『力』の使い方を、さ」

つぶやく雷地の全身を、淡い燐光《りんこう》が覆《おお》った。

これまでのような、雷撃ではない。

【雷】という属性を発揮する前の原始的な『魔力』が、雷地の身体《からだ》を包み込んでいる。

「九時宮センパイも一狼も、こうやって『力』を身体能力に落とし込んでたんだな」

雷地は淡く発光した自らの手を見た。

「異世界には、こういう方法はなかった。燃費は気になるが、悪くない」

「……へぇ」

「一狼？」

雷地がたずねると、一狼は「ははっ」と力なく笑った。

「それ、【六衛流】の奥義だよ。魔法少女たちはみんなそうやって『魔力』を身体に落とし込む訓練をさせられるんだ」

「そうか。勉強になったぜ」

「それどころじゃないよ……魔法少女の半分は、それが会得《えとく》できずに現役《げんえき》を引退していくんだ。中学時代の針ちゃんだって、身に付けるのに半年以上はかかったんだよ」

それを、見よう見まねで……？

「決めた」

一狼は、ぽつりとつぶやいた。

「雷地くん。もしボクが勝ったら、キミをボクのお嫁さんにしたい」

「へぁ？」

雷地は間抜けな声をあげた。

「求婚……？　いや、でも俺がお嫁さんって……なんだかそれ、逆じゃないか？」

雷地の疑問に構わず、一狼は続けた。

「ボクは、キミの成長性が欲しい。確信したんだ。たとえ今回ボクがキミに勝てたとしても、近い将来キミは必ずリベンジを果たしてくれるだろう。そんなキミを、東京の異能者は放っておかない。手に入れるなら、今だ」

　一狼は、野生の直感に従って断言した。

「雷地、ボクの物になれ。ボクが必ずキミを幸せにしてみせる」

それまでハートを宿していた一狼の目が、抜き身の日本刀のような鋭さを放った。

「いくよ、『ヤマガミサマ』」

一狼が声をかけると、身体から噴き出す『気』が、モゾッと蠢《うごめ》いた。

今までは指向性なく拡散していた白煙が、一狼の周囲に留まって彼を包み込む。

狼だ。

巨大な『気』の狼が、一狼を包み込んでいる。

「覚悟してね、雷地くん。君を殺す気で闘《ヤ》るよ」

「こっちも、そのつもりでいくぜ」

雷地は【ゆうしゃのつるぎ】を突きの形に構えた。

「ふぅん、真っすぐだね」

　一狼は推測する。

雷地が繰り出してくるのは、恐らくは【雷】魔力で加速したシンプルな突撃だ。

それが【ゆうしゃのつるぎ】の性能を活《い》かす最善最強の奥義。

彼の『雷墜《ジイガ》』を見たことがない一狼でも、それぐらいは推測できる。

それぐらいに、雷地の突きには『直進する』という意志が表れていた。


対する一狼も、姿勢を前傾した。

鉤爪《かぎづめ》のように曲げた両手の指先が、畳《たたみ》にめり込んでいる。

最高速度では恐らく敵《かな》わない。

しかし、最高速度に達するまでの速さなら、確実に一狼の方が勝っている自信があった。

加えて、もう一つ。

一狼には秘策があった。

(ごめんね、雷地くん。本当はキミを殺す気なんて全然ないよ)

だって、欲しいんだもん♡

心の中でつぶやきながら、一狼は舌なめずりをした。


ジリジリと、二人はミリ単位で身体の距離・角度を調整し合う。

相手に対し、一ミリでも有利な距離で最後の勝負を開始するために。

それは、将棋《しょうぎ》の達人同士が対局の終盤、現在の盤面から十数手先の未来で勝負しているのに似ている。

動いていないのに、両者の額からは汗が滝のように滴《したた》っていた。

それに、静かだ。

二人の手足が畳の目に引っかかるわずかな音や衣擦《きぬず》れが聞こえるほどに。

ともすれば、心音すらも聞こえるような気がする。


極限の集中の前では、客観的な時間の長さに意味はない。

二人にとって、その時間は数秒のようにも感じられたし、十分以上にも感じられたし、なんなら永遠とも思えた。

その静寂と永遠を破ったのは、雷地でも一狼でもなかった。


テロン♪


雷地のスマホからメッセージの着信音。

街を歩けば数分に一回は聞こえてくるその音が、爆弾のように二人の極限集中を破壊した。


「今だッッ！」

当初の予定通り、一狼は先に動き出した。

全身全霊、両手を含む四肢《しし》全てで畳をえぐるように蹴《け》って加速。

と同時に、一狼の背後に満ちていた『気』を水蒸気爆発の如《ごと》く爆裂させた。

身体に纏《まと》う分の『気』を削《けず》ってでも、とにかく加速。

さらに、汗と混じって一斉に気化した『気』は、狼の毛皮と見間違えるほどの濃厚な白煙となって周囲の視界を覆う。

一狼は、雷地の視界から完全に消失した。


（さあ、打つ手はないよ、雷地くん！）

緩《ゆる》やかなカーブを描いて雷地に接近しながら、一狼は勝利を確信する。

雷地にはもう、細い選択肢しかない。

濃密な『気』で満たされた視界の中、一狼の場所を特定する方法はない。

となれば一《いち》か八《ばち》か、霧の中に攻撃を仕掛けるしかない。

しかし、視界が塞《ふさ》がれた状態で突き攻撃が当たる可能性は限りなくゼロだ。

一方、一狼からは雷地の場所が丸わかりだった。

【ゆうしゃのつるぎ】は膨大《ぼうだい》な【雷】魔力と存在感を放っている。

その存在そのものが、灯台のように雷地の居場所を教えてくれている。

一狼はその気配に向けて、音もなく飛び掛かった。

まずは剣を握る手を潰して相手を無力化する。

そのまま連撃で顎《あご》を掌打《しょうだ》で揺らし、意識を叩く。

もう、その後のことは考えなくていい。

とにかく、めちゃくちゃにしてやりたい。

「いただきまぁすッ！」

獣欲衝動だけを頼りに一狼は跳び、雷地にむしゃぶりついた。

しかし、その攻撃は空を切った。

「……あれ？」

サクリと、【ゆうしゃのつるぎ】が一狼の足元に突き立った。

「雷地くんが、消えた……？」

いや、そんなことできるわけがない。

一狼はコンマ数秒遅れて、雷地がしたことに気が付いた。

「まさかッ!?　捨てたのか！　【ゆうしゃのつるぎ】を囮《おとり》に……！」

「そーゆーことだ」

ふわりと、包み込むような感触が一狼の全身を覆った。

背後から現れた雷地が、一狼の上半身に腕を回したのだ。

抱きしめたのではない。

両腕を固め、羽交《はが》い締《じ》めにする形だ。

「……詰んだね、これは」

一狼はつぶやいた。

羽交い締めにされているだけなら、まだ体術でどうにかなる。

しかし、身体が密着してしまっているのがマズい。

雷地がその気になれば、いつでも電撃を流し込まれてしまうだろう。

「降参しろ、一狼。かなり痛いぞ」

「いいよ、べつに」

一狼はニコリと笑った。

「むしろ、痛くしてほしいな♡」

耳元で一狼が囁《ささや》くと、雷地がピクッと硬直したのが面白かった。

一狼、最後の反撃であった。

「ああもう、知らないからな！」

次の瞬間、密着した身体から逃れようのない電撃が一狼の身体に流れ込む。

「うっ⁉　ぐあああアアアァァァアッッ！」

一狼は雷地に体重を預けたまま、意識を失った。

全身の神経をノコギリで挽《ひ》かれたような激痛と衝撃。

しかし、一狼の心を満たしていたのは、もっと別のことだった。

「あぁ、楽しかったなぁ……」

初デートの帰り道、ふと空を見上げてつぶやくような、甘い気分だった。

【あなたは対戦に勝利しました】

現在のランクは【ゴールド】です

◆

小学生の頃、一狼は女子にモテはしたが、仲が良い相手はほとんど男子だった。

そんな一狼が変化に戸惑ったのは、中学に入った辺りからだ。

これまでただ仲良く遊ぶだけの相手だった男子が、一狼のことを好きになり始めた。

男子同士の距離感で接すると、相手は面白いぐらいに落ちた。

「どうして？」

「ボクはただ友達でいたかったのに」

「友達だと思っていたのは、ボクだけだったの？」

無用な衝突を避けるために作り上げた『王子』のキャラクターも、今は気に入っている。

しかし、その一方で思う。

自分の全てを曝《さら》け出せるような友達が欲しい、と。

「なあ。さっきの戦いって【裏門】の試合扱いなのか？」

激戦を繰り広げた畳の上で、雷地はスマホを見ながらたずねた。

二人とも、順番でシャワーを浴びて制服に着替えた後だ。

傍《はた》から見れば、部活の後にお喋《しゃべ》りをしている友達同士のように見えるだろう。

「【六衛流】道場の結界は【裏門】と同じ管理者だからね。システムが流用できるのかも」

「一狼、ランク何？」

「【プラチナ】だよ。まあ、ボクは体質柄、【裏門】では本気では戦ってなかったんだけどね。雷地くんなら、今のまま【ダイヤモンド】ぐらいまではイケるんじゃないかな」

「ふーん」

「でも、気を付けたまえよ雷地くん。【ダイヤモンド】の上位帯は、【裏門】をガチってる魔法少女隊の子や、東京の術師たちがひしめいてる。それに、ボクみたいになんらかの理由で中位ランク帯にあえてとどまっている実力者もいるはずさ。まだまだ先は長いよ？」

「最高だな」

雷地は即断言した。

「今回みたいな本気の戦いがもっとできるんだろ。最高じゃん」

「そうだね」

相槌《あいづち》を打ちながら、一狼は思う。

雷地くんは、この東京で強くなるだろう。

本人がそれを望む限り、どこまでも……

もしかしたら、針ちゃんのレベルにまで駆け上がるかもしれない。

友人としてライバルとして、その姿を見届けたい。

できれば、隣で……

「ああ、こんな気持ちは久しぶりだよ」

一狼は、満足げにつぶやいた。

「強くなりたい。いつの間にか忘れていたよ、この気持ち」

「俺もだ一狼。またやろうな」

「うん」

二人は互いに拳を突き出し、拳骨の先をこつんとぶつけ合った。


舞薗雷地と山神一狼が激闘を繰り広げていた頃のこと。

九時宮針乃はどこにいたのだろう？

本気でぶつかり合う二人を見届けるより重要な用事とは、なんだったのか？

外では、陽がビルの谷間に沈み、長い影を落としていた。

「お疲れ様です、センパイがた」

「容態は？」

「いつ目覚めてもおかしくないとのことです」

都内のとある大学病院に、少女たちが詰めかけていた。

長らく意識不明だった彼女たちの『友人』が、意識を取り戻しつつあるからだ。

しかし、彼女たちをふと見かけた新人看護師は、不審に思った。

少女たちは、見た目の年齢も制服もバラバラ。

しかも、友人の目覚めを祝うような雰囲気《ふんいき》にはとても見えない。

もっと別の、何か深刻な事態を前にした人間の顔をしていた。

「何者だ、あの子たち……」

その時、その中の一人、中学生ぐらいの少女が、スマホを取り出して廊下《ろうか》で電話を始めた。

「定時連絡、波村です。はい、間もなく目覚めるかと思われます。現在、茎・華組混成部隊が監視中。はい、『あの人』が間近についています。問題ありません」

「！　ちょっと、キミ」

看護師は少女・波村静那に声をかけようとした。

院内は通話禁止だ。

精密機器が多く使用される病院内では、電波を発する通信機器の使用は危険だし、ながら歩きは転倒事故なども引き起こしかねない。

「院内での通話は……」

言いかけたその時。

「待て、彼女たちはいいんだ」

看護師の肩を、ベテランの医師が引き留めた。

「ですが……」

「非常事態だ。それに、彼女たちの通信は電波を発しない」

「え？」

電波を発しない通信機器？

そんなもの、今の技術では有線以外に考えられない。

あったとしても、スマホで手軽に使えるはずがない。

「先生、彼女たちはいったい……」

看護師が問いかけた、その時だった。

「来た……ッ！」

少女たちは、一斉に病室の方を向いた。


「…………」

特別待遇の個人病室にて。

複数の精密機器に繋《つな》がれた少女が薄っすらと目を開いた。

「ここは……？」

そこは、消灯した知らない部屋の中だった。

視界の端には、計器類の点滅する明かりがチラついている。

どうやら、彼女の状態をモニタリングするものらしい。

「なぜ、私はまだ生きている？　たしか、勇者どもに心臓を貫かれたはず……」

ひどくかすれた声でつぶやきながら、少女は起き上がった。

そして、半透明のチューブが差し込まれた自らの手を、薄暗闇の中で見つめた。

「この身体《からだ》は……？」

彼女はベッド横の手すりに摑まって立ち上がろうとして、失敗した。

「ぐっ……」

物が上手《うま》く握れない。

全身の筋肉が、水を含んだスポンジに置き代わったかのようだ。

「おのれ……ッ」

どうにかベッドから這い出てやる。

もがく少女の背後で、声がした。

「こんばんは」

「っ⁉」

「いや、おはようって言った方が正しいかな、『黒城《こくじょう》あびす』ちゃん？」

少女は、振り返って窓際を睨《にら》んだ。

「誰だ……ッ！」

少女『あびす』がたずねると、カーテンが揺らめく。

その裾《すそ》に、セーラー服の少女が現れた。

暗い穴のような目をした少女だ。

「私は九時宮針乃。東京守護を司《つかさど》る魔法少女隊『山茶花』、星組所属の魔法少女」

「魔法少女……？」

あびすはつぶやいた後、眉《まゆ》をわずかにひそめた。

「やはり、ここは東京か」

「そう、東京。あなたは事故に遭《あ》って、半年間意識不明状態だったの。ここ数日、眠ったまま強大な魔力を発するようになったから、私たちが持ち回りで見張っていたんだよ」

「……私は眠っていたのか」

あびすは自らのやせ細った手を見た。

「だが、半年だと？　ありえない。私は異世界で何年も戦い続けて……」

「分かるよ。ズレてるんだよね、【時間】が。世界と世界の間を行き来すると、たまに起こることらしいよ。浦島太郎《うらしまたろう》に起きたことの逆が、キミに起きてしまったんだよ」

針乃は点滴の繋がれたあびすの掌《てのひら》に、自分の手を重ねた。

「でも安心して。この世界にはキミを受け入れる用意がある。他にも、似たような体験をした仲間だっているんだよ。あなたと同じく、異世界で勇者をやっていた子もね」

「勇者だと……？」

「？」

針乃は、小さく首を傾《かし》げた。

「キミ、異世界勇者でしょ？　だって、凄《すご》い魔力だもの」

「あんな粗製濫造《そせいらんぞう》のクズ共と一緒にするな」

針乃の手を払うと、あびすはベッドの上に立ちあがった。

薄暗い部屋の中で、その双眸《そうぼう》が赤々とした光を放っていた。

「私は『魔王』。第六次マダラメイア魔神軍元帥《げんすい》・黒城あびすだ」

【人物鑑定】
名前：黒城あびす
レベル：99
属性：闇、炎、夢、魔
クラス：魔王、黒魔導師、召喚師
状態：衰弱
発動中スキル：【鑑定眼】【魔力上限開放】【逃走不可】
【ダンジョンマスター】【黒の支配者】【鞘《さや》】

TOKYO

第四章

『黒城事変』

LEVEL

NINETYNINE

証言（4）『茨野愛（高校生、『山神一狼ファンクラブ』会員）』

最近、推しの山神一狼《やまがみいちろう》きゅんに『友人』ができたんです。
なんでも、共通の趣味があるとかで。
珍しいんですよ、一狼きゅんが男子とべったり仲良くしてるのって。
舞薗雷地《まいぞのらいち》くんっていう転校生なんですけど。
いっつも眠たそうにしているけど、どこか違う世界を見てるような感じがする子で。
一狼きゅん、彼といると本当に楽しそうなんですよ。

それで今、私の中では『一雷《いちらい》』がアツいんですよ。
もうね、本当に尊《とうと》すぎて……

え？『一雷』って何かって？
ああ、ご存じないですか。
『一狼』×『雷地』の略称ですよ。
いわゆる、カップリングってやつです。
特定の二人の関係性を考察して「ウフフ」って気持ちになるんです。

中には小説や漫画にして表現する人もいますけど、私は頭の中で完結させてますね。
なんといってもナマモノ（実在人物のカップリング）ですから。

本当、一緒にいるのを眺めてるだけで尊いんですよ。
いや、視界になくてもこの世のどこかに『一雷』があると思えるだけで、もう幸せ。
だからね、嫉妬《しっと》とかは感じません。
むしろ嫉妬とか感じさせないから推してるっていうか……

もちろん、私たちと『お茶会』してくれる一狼きゅんも大好きなんですよ。
でもね。違うんですよ、ジャンルが。
壁とか床になって眺めていたいっていうか。
それに、なんていうか、その……
スケベ……ですよね？
学ラン姿の男子（？）が仲良さそうにしてるのって。
え、思わない？　えー……？
もしかしてあなた、『一針《いちはり》』派の人だったりします？

#11『出張鑑定眼inお茶の水』

「すいません。面会の予約をしてるんですけど」

「お名前を伺《うかが》っても？」

「舞薗雷地です」

「はい、確かに予約を確認しました。では、こちらの名札をかけて、あちらのエレベーターをご利用ください」

「あざっす」


その日、雷地は湯島《ゆしま》からほど近い東京・お茶《ちゃ》の水《みず》にある大学病院を訪れていた。

とあるクエストを達成するためだ。

依頼者は魔法少女・九時宮針乃《くじみやはりの》（厳密には魔法少女隊『山茶花《さざんか》』）。

クエスト内容は『とある人物の鑑定』だという。

針乃と共に事情聴取に立ち会い、対象を【鑑定眼】で見るだけでいいらしい。

もちろん日当も出るというから、断る理由はなかった。

「稼《かせ》げる時に稼いどかないとな」

エレベーターの六階を押しながら、雷地はつぶやいた。

雷地は勇者だ。

曲がりなりにも魔王を倒し、異世界を救った勇者。

しかし、だからといって高校生らしく遊ぶ金があるわけでもない。

湯島学園の補助制度で寮や学費、交通費・食費などは保証されているが、親からの仕送りにはほぼ手を付けていない。

何か他に収入源があるわけでもない。

そんな彼にとって、異世界勇者の経験・スキルを活《い》かせるバイトは正直言ってありがたい。

(俺は冒険者じゃないからな……よく考えたら、クエストとか受けるのはじめてだわ)

勇者として稼ぐ。

正直、憧れていなかったと言えばウソになる。

「さ、ちゃちゃっとこなしますか、と」

そんな風に思いながら、雷地は指定された病室のドアに手をかけた。

ジュッ！

ドアノブにかけた手から、水分が蒸発した。

「あつつッ!?」

灼熱《しゃくねつ》の痛みを感じ、雷地は反射的に手を引いた。

一瞬、ドアノブが熱したフライパンのように熱く感じられたのだ。

「……!? いや、んなワケないよな」

手に火傷《やけど》などの異状はない。

ドアノブから熱気が出ているわけでもない。

「……?」

そっとドアノブに触れると、熱くなかった。

その代わり、金属を伝って温度とは別のエネルギーを感じる。

ドア一枚を隔《へだ》てた先から染み出してくる、濃厚な『魔力』の気配だ。

「まさか、【火】魔力か? 幻覚を感じるレベルの……」

この先に、何が待っているんだ?

「……お邪魔します」

雷地はゴクリと息を呑《の》むと、ドアを押し開いた。

【人物鑑定】
名前：黒城《こくじょう》あびす
レベル：99
属性：闇、炎、夢、魔
クラス：魔王、黒魔導師、召喚師
状態：衰弱

発動中スキル：【鑑定眼】【魔力上限開放】【逃走不可】【ダンジョンマスター】【黒の支配者】【鞘《さや》】

「うお……ッ⁉」

目に飛び込んできた圧倒的なステータスに、雷地は思わず飛びずさった。

「『魔王』⁉　どうして、病院に……⁉」

「ふん、【鑑定眼】持ちか」

ベッドに腰かけた美少女が、吐き捨てるように言った。

年頃は同年代に見える。

髪型はいわゆる姫カット。艶《つや》のある長い黒髪を、腰のあたりまで垂らしている。

意志の強さを感じさせる瞳は、かすかに赤い光を帯びていた。

「しかも『勇者』とはな……」

ちっ。

黒城あびすは、わざとらしく大きな舌打ちをした。

「おい、人のステ見るなり舌打ちしてんじゃねーよ」

「貴様こそ、何が『うおッ⁉』だ。偏差値《へんさち》の低そうな反応をしおって」

「んだと……？」

「なんだ、図星か？」

雷地の身体《からだ》にピリッと雷光が迸《ほとばし》った。

反射的に練《ね》っていた魔力が、一部だけ体外へとスパークしたのだ。

目の前の病人に対して攻撃しようと思ったわけじゃない。

ただ、重い物を持ち上げる時に自然と全身に力が入るのと同じように、巨大な魔力の塊《かたまり》を前にして力を練らずにはいられなかった。

それだけの圧力が、『魔王』黒城あびすからは発せられていた。

「ふん、バチバチとやかましいな。私に怯《おび》えているのか？」

「テメェこそ、その魔力は威嚇《いかく》か？」

「この程度の魔力は、生きているだけで発せられる余波に過ぎん。どうやら貴様は、ずいぶんとスケールの小さな異世界に行っていたようだな」

「んだとぉ……？」

「はいはい、そこまで」

既に病室の中にいた針乃が、二人の間に割って入った。

「『勇者』と『魔王』だからって、べつに敵同士でもないんだからさ。仲良くしてよね」

「わ、分かってますって。九時宮センパイ」

「あびすちゃんも、よろしくね」

「ちっ……」

二人はそれぞれ引き下がった。

『勇者』も『魔王』も、たった一人の『魔法少女』によって頭を押さえつけられている。

奇妙な光景であった。


「じゃあ早速、あびすちゃんの【人物鑑定】を始めようか」

ベッドに腰かけたあびすに対し、雷地と針乃が質問をする。

それは、【鑑定】という名の事情聴取だった。

黒城あびすとは何者なのか。

どんな異世界に行っていたのか。

そこであびすはどのように生きていたのか。

今、どのような能力を持っているのか。

雷地が【鑑定眼】で読み取った内容を交えながら針乃が聴取する。

雷地が受けた『カウンセリング』とは、別方式だった。

「えーと、じゃあ次。この【逃走不可】ってスキルはなんだ?」

雷地が【鑑定眼】に映った能力についてたずねた。

「ダンジョン内で効力を発揮するスキルだ。私の存在する空間に獲物を閉じ込める効果を持つ」

「ダンジョン?」

「私の魔力で支配している領域のことだ。儀式が必要だが、やろうと思えば、この病院全域を我が魔王城に変えることだってできるぞ」

「そんなことしちゃダメだよ、あびすちゃん」

「ふん、分かっているとも。この身体で貴様ら魔法少女を敵に回すつもりはない」

「身体が回復したら？」

「その時かんがえる」

「素直だね、あびすちゃん」

「ふん。どうせ、どこかで嘘発見系の魔術でも回しているのだろう？」

「そんなことしてないよ」

「どうだかな」

「……」

雷地には、針乃とあびすの間で視線が交錯《こうさく》して火花が散っていたのが見えたような気がした。

主に、あびすの方がバチバチ言わせているのだが。

「……じゃあ次、【黒の支配者】ってスキルは？」

「我が魔力を流し込んだ相手を六体まで『手駒《てごま》』にし、支配するスキルだ。私はこのスキルで魔物を操り、聖導国《せいどうこく》のブタどもと争ってきたのだ」

あびすはニヤリと笑った。

「『暗黒竜《あんこくりゅう》』に『大怪鳥《だいかいちょう》』、『呪眼《じゅがん》の大蛇』……みな、聖導国が召喚した『勇者』どもに刈られてしまったが、実によい『手駒』たちであった」

「……勇者ってのは、複数いるのか？」

「ああ。『聖導国』は常に七人の勇者を飼っていた。殺しても殺してもすぐに次が召喚される、まったく、いまいましい害虫どもだった」

「殺した……？」

「でなければ、私が殺されていた。というか、実際、殺されたから私はここにいる」

「……殺伐《さつばつ》としてんな」

雷地は確信した。

黒城あびすがいた『異世界』と、雷地のいた『異世界』は、どうやら違うようだ。

『聖導国』。

聞いたことのない名の、知らないシステムの国だ。

しかしそれ以上に、『勇者』や『魔王』、魔法に対する根本の考え方が違う。

あびすは針乃を見やった。

「私からも質問させろ。この世界にも魔物はいるのか？」

「いるところにはいるよ。日本にいるのは怪異や妖怪、神霊の類《たぐい》がほとんどだけどね」

「問題ない。身体が動くようになったら、手駒にするとしよう」

「なんのために？」

「私が私であるために、だ。自由を手にするために『力』は必要不可欠だろう？」

「間違ってないよ。でも、自由には責任が伴《ともな》うからね」

針乃の目が、あびすを見据えた。

「東京の秩序を乱すようなら私たちが相手だよ、あびすちゃん」

「くどいな。そんなに私が怖いか」

「ふふ、元『魔王』の子は本当に珍しいからね。それに」

「それに？」

「私だけじゃなくて、いろんな大人たちに説明しなくちゃならないんだ。あびすちゃんは怖い子じゃありませんよ、大丈夫ですよってね」

「ふん、くだらん」

「くだらなくても、お金を出してもらう以上は必要なことなんだ。それとも、あびすちゃんやご家族に、ここの入院費や他の色々が請求されてもいいのかな？」

「ちっ……」

あびすは小さく舌打ちすると、雷地を見やった。

「おい、さっさと続きだ」

「……」

「ボケっとしているんじゃない、勇者め」

「あ、ああ」

雷地は、ぼーっとしていたわけではない。

今の会話に、少しばかりの衝撃を受けていたのだ。

今まで、針乃たち魔法少女が雷地を監視していたのは、ただ単純に『異世界帰り』の異能者を危険視していたからなのだと思っていた。

しかし、実際は逆なんじゃないか？

針乃たちが監視してくれているからこそ、雷地は今、これだけの力を有しながら普通に学校に通えているのではないか。

でなければ、わざわざ学費や寮まで用意してはもらえないだろう。

その可能性に、気が付いてしまったのだ。


「ええと、最後のスキルは……【鞘】か」

雷地も持っているスキルだ。

体内に【ゆうしゃのつるぎ】を保有しておくためのスキル。

「ってか、なんで『魔王』が【鞘】を持ってるんだよ？」

「何もおかしいことはない。『異世界召喚』を受けた者は誰しも、【つるぎ】を保有するためにこのスキルを付与されるものだ」

あびすはそう言って、口を大きく開いた。

舌に、雷地の手の甲のマークに似た紋章が刻まれていた。

「抜剣【まおうのつるぎ】」

あびすの口から、どろりと黒い溶岩のような粘液が零《こぼ》れ落ちた。

あびすが右手でそのドロドロを受け止めると、溶岩が冷えて固まるかのように、それは徐々に流動性を失い、固まっていく。

パリンとガラス質の音がして、その中から黒曜石《こくようせき》の剣が現れた。

「これが我が魔力の結晶。この剣に斬られた者は、例外なく【黒の支配者】の対象となる」

【スキル聴取結果】
鑑定眼：雷地と同じく、相手を魔術的に分析する魔眼
魔力上限開放：【鞘】によって課せられる魔力出力上限を突破する
逃走不可：自らのダンジョン内にいる相手を逃がさない
ダンジョンマスター：『核』を設置することで、自らのいる空間を支配する
黒の支配者：魔力を流し込んだ魔物を六体まで支配する
鞘：【まおうのつるぎ】を体内に保管し、その力を統御する
（備考）【まおうのつるぎ】は、斬った相手を魔力で浸蝕し、【黒の支配者】発動条件を満たす

「はい、これ日当ね」

「え⁉　こんなにいいんスか⁉」

聴取終了後、病院の前で手渡された封筒の中身を見て、雷地は思わず声を上げた。

「俺、【鑑定眼】で見て話しただけっスよ？」

「うん、これはその正当な対価だよ。私たちは【鑑定眼】を持ってないからね。キミのおかげで、あびすちゃんから本来は聞けなかったかもしれないお話も、いっぱい聞けたよ」

「なら、よかったッスけど……」

学園に戻る坂を下りながら、針乃は雷地にたずねる。

「舞薗くんは、あびすちゃんのこと、どう思う?」

「どうって?」

「あびすちゃんは湯島学園への編入を希望しているんだよ。舞薗くんが利用しているのと同じ『神隠し』関係者のための支援制度を通じて、ね」

「アイツ、ウチに来るんスか」

「かもしれない。どう思う?」

「うーん……」

雷地は少し考えた後、小さくうなずいた。

「いけ好かない奴だとは思いますけど、べつにいいんじゃないスかね」

「もしあびすちゃんが人に迷惑をかけたら、雷地くんの立場も危うくなるよ?」

「まじスか」

「ぶっちゃけた話をするとね、湯島の制度ってかなりの無理を通して作られた特例なんだよ。異世界を危険視している派閥《はばつ》からしたら、突っつきやすい問題なワケ。あびすちゃんは、そこに放りこまれる火薬みたいなものなんだ」

「……」

「もしかしたら、あびすちゃんのせいで制度が消滅して、学校に通えなくなるなんてことにもなりえる。それでも、あの子が湯島に来ることに賛成してくれる？」

「うーん……」

雷地は考えた。

べつに、ここで雷地が何かを言ったところで、針乃やその上の人間の考えが左右されるワケではないだろう。

だが、だからこそ。

針乃は雷地の本心を聞きたがっている。

そんな気がした。

「そっスねー……」

雷地は、空を見上げてうなった。

「でも『それ』って、九時宮センパイが既に俺に対してやってくれてることっスよね？」

「え？」

「だって、センパイは俺を監視するだけじゃなく、【裏】に案内して、新しい日々をくれた。センパイの立場で、そう簡単にできることじゃなくないスか」

「……そうかもね」

「だったら俺も、九時宮センパイがしてくれたみたいに誰かの責任を持ちますよ。そもそも、

『魔王』を大人しくさせるなんて、俺ぐらいにしかできないでしょうし」

「……」

針乃の手が、雷地の頭に置かれた。

「？　何かついてます？」

「ううん、いい子だと思って」

ポンポンと、針乃の手が雷地の頭を撫《な》でた。

「ちょっ、よしてくださいよ、ガキじゃあるまいし」

雷地はカッと熱くなった顔を背けながら、針乃の手から逃れた。

「と、とにかく！　『魔王』でもなんでも来いってことですよ。じゃ、俺帰りますから！」

照れ臭《くさ》くなった雷地は、針乃から離れ、走り出した。

◆

それと、ほぼ同時刻の出来事だった。

「ふん、『鬼滅』と『チェンソー』が終わった時にはどうなるかと思ったが、ジャンプ漫画もしばらくは安泰のようだな」

あびすはベッドの上で週刊少年ジャンプをめくっていた。

聴取後、針乃と入れ替わりであびすの警護担当に入った中学生魔法少女・波村静那《なみむらしずな》に買いに行かせたものだ。

「奇妙なものだな。車に轢《ひ》かれ、飛ばされた異世界でも一度は殺されたというのに、ジャンプのマンガは単行本1、2巻程度しか進んでいない。『ワンピース』なぞ、とっくに完結してるものと思っていたぞ」

「……」

静那は、ふとたずねた。

「どういう気持ちなんですか」

「ん？」

「異世界に行くって、どんな気持ちなんですか？　やっぱり、人生が変わったとか、そういう感覚ってあったりするんですか？」

「ふん、世界に不満があるのか、中学生？」

「不満ってほどじゃないですけど。行けないよりは行ってみたいじゃありませんか。今と違う人生が異世界にあるかもしれないって、ちょっとは思います」

「大して変わらんぞ。不便も多い」

「そうなんですか？」

「私に言わせれば、地球も異世界も似たようなクソ溜めだ。誰かの思惑やエゴに振り回され、ありもしない『普通』に従わされる、窮屈《きゅうくつ》な人生……」

あびすは、吐き捨てるように言った。

「だからこそ、私は……」

小さくつぶやいたあびすは、急に胸を押さえた。

「うぅ……ッ！」

苦しがるあびすに駆け寄り、静那は声をかける。

「大丈夫ですか、黒城さん！　お医者さんを呼びますか⁉　呼びますね⁉」

「いや、いいッ」

ナースコールのボタンを押そうとした静那の手首を、あびすが摑《つか》んだ。

「それより、胸ポケットに薬が入っている。取り出して、飲ませてくれ……」

「は、はい！」

静那は、あびすを抱きかかえるようにして起こしながら、あびすの胸ポケットを探した。

しかし、見つからない。

「あれ？」

胸ポケットに薬が入っていない……のではない。

そもそも、あびすの着ている患者着に胸ポケットがなかった。

「黒城さん？　これって……」

「抜剣【まおうのつるぎ】」

「ぐッ……⁉」

　グサリと、静那の胸を背後から黒い刃が刺し貫いていた。

　あびすを介抱しようとしていた静那の死角、背後に手を回されて刺されたのだ。

「ど、どうして……ッ⁉」

　静那は、あびすにもたれかかるようにして気を失った。

「……ひとつ、あえて奴らに言っていないことがあった」

　あびすは、剣を深々と静那に押し込みながらつぶやく。

「たしかに、私の【黒の支配者】は強力な魔物を操るのに適したスキルだ。だが、魔物にしか使えないという意味ではない」

『起きろ』。

　あびすが命じると、静那は何事もなかったかのように起き上がった。

　その胸や制服に、刺された傷は残っていなかった。

「中学生、貴様を我が『手駒《てごま》』第一号に任命する。次の命令まで、今の出来事を忘れろ」

「……かしこまりました、あびす様」

　静那は小さくうなずいた後、首をかしげた。

「あれ？　いまなんの話してたんでしたっけ？」

　魔王の侵略は、静かに始まっていた。

#12『学校見学』

【裏門《うらもん》】には『フレンドマッチ』機能が実装されている。

同意したフレンド同士で【裏門】を開き、任意の場所で対戦することができる。

その勝敗はランクに影響を与えないが、異能者同士の鍛錬や密談には便利な代物《しろもの》だ。

雷地と一狼は、あの一戦から【裏】に入り浸りだった。

その様子は、まるで二人だけの秘密の場所を手に入れた恋人同士のようで……


湯島学園・柔道場に開かれた【裏】空間にて。

道着姿の雷地が一狼をゴム畳《だたみ》の上に押し倒し、その上に覆《おお》いかぶさっていた。

しかし、その場の主導権を握っているのは一狼の方だった。

「ほら、おいでよ雷地」

「……なあ、本当にやるのか、一狼」

「怖いのかい？　何事も経験だよ」

「……分かったよ。いくぞ」

雷地はごくりと生唾《なまつば》を呑《の》み、意を決して一狼に向かい合った。

「……ここで合ってるか、一狼」

「うーん、もうちょっと下かな」

「こうか?」

「いいよ、そこ。合ってる」

一狼は答えながら、「ッ」と小さく息を漏《も》らした。

「これ、やられる側も怖いだろうけど、入れてる方もだいぶ怖いな」

「人体だからね。でも、もっと奥まで来ていいよ。練習なんだから」

「分かってるって」

雷地の人差し指と親指が、一狼の細い首筋に深く差し込まれていた。

顎《あご》の下からえぐるように食い込み、一狼の首を圧迫している。

「ッ……そう、その感じ。指先が『経絡《けいらく》』に触れているのが、分かるかい」

「なんとなく、な」

「そのまま『魔力』を流し込んでごらん。ボクの『経絡』をハックできるよ」

「……こう?」

「それは、ただ指の力を込めてるだけ」

「じゃあ、こうか?」

「アンッ」

「ばっ、変な声出すなよ!」

「だって、ピリッとしたんだもの。電撃じゃなくて、【雷】魔力そのものを流すんだよ?」

「……その辺りが、まだよく分からないんだよな」

雷地が手を引くと、一狼は軽く咳《せき》をしながら首をさすった。

「いやぁ、ドキドキしたよ。キミがその気になってしまえば、いつでもボクをビリビリにさせることができてしまう、このスリル。たまらないね」

「変態」

「ふふ、否定はしないよ」

二人は軽口を叩き合いながら立ち上がった。

「じゃあ雷地。もう一度、できてるところからおさらいをしよう」

「ああ」


【六衛流《ろくえりゅう》】道場での一戦以来、雷地と一狼はこうして【裏門】内で鍛錬するようになった。

雷地にとっては【六衛流】をはじめとした【裏東京《うらとうきょう》】の戦い方を知る一狼が。

一狼にとっては、気兼ねなく素で戦える雷地が。

互いに互いが、もっと強くなるためには必要だったのだ。


「『雷刻官《バシオ》』」

雷地は、自分の身体《からだ》に【雷】の魔力を走らせた。

「これ、どうだ?」

「いいね。攻撃用に電撃を身に纏《まと》うんじゃなく、ちゃんと身体の内側に魔力が流れてるよ」

一狼は雷地に手を向けた。

「その状態で、ボクの手を打ってごらん」

「ああ」

雷地の姿が一瞬消えた。

次の瞬間、バチッと音がして、一狼の掌《てのひら》に雷地の拳が収まっていた。

「あふッ……」

一狼はブルッと気持ち良さそうに震えた。

「乗ってるよ、『力』が。雷地が流れ込んでくる……」

一狼は恍惚《こうこつ》としながら、掌から噴き出す煙を吹き消した。

「やっぱり雷地は天才だね♡」

「そうは言ってくれるけどさぁ……」

雷地は拳を引きながらぼやいた。

「これ、ムズいし本当に疲れるな。ワンアクションで使うならともかく、戦っている間ずっとなんて、無理ゲーにもほどがある」

「でも、針ちゃんはやってるよ」

「それが問題なんだよなぁ」

山手線《やまのてせん》の一戦では、雷地は格闘戦で結局針乃の足元にも及ばなかった。

異世界勇者として得た異常な量の魔力と【ゆうしゃのつるぎ】でどうにかしのいだだけだ。同じ土俵《どひょう》だったら、とても太刀打《たちう》ちできなかっただろう。

「今のキミは、初めて自転車に乗った子供みたいなものさ。今は倒れないことに必死だけど、乗り方をマスターすれば歩いたり走ったりするよりずっと楽に遠くへ行けるようになる」

「どうすればいい？」

「『気』を通すんだよ」

「それが分からない」

「魔力を自分の身体の一部にするってことさ。ボクたちはお箸《はし》で物をつまむ時に、自分の指先みたいに手ごたえを感じることができるだろう？　あれを、魔力でもやるんだ」

「そんなこと、できるのか……？」

「できるさ。ボクたちは、生まれた時には歩くことすらできなかったんだ。何度も何度も何度も練習して、やっとできるようになった。人間には皆、最初はできなかったことをできるように努力する才能があるんだよ」

一狼の全身から『気』が立ち上った。

しかし、それらはただの余波だ。

『気』の本体は一狼の身体中、筋肉や神経の隅々にまで行き渡っている。

「キミもすぐ、こんな風にできるようになるさ」

一狼は【六衛流】を構えた。

現在、一狼のレベルは80といったところだろうか。

暴走状態には入っていないが、もう雷地に遠慮《えんりょ》する気はなさそうだ。

「数を重ねていこう。普通の魔法は使用禁止。体術のやり取りだけで闘《ヤ》ろう」

「ああ。やってみるか」

雷地は『雷刻官《バシオ》』を身体にかけ直し、格闘の構えを取った。

「行くぞッ一狼！」

「おいで、雷地」

『力』を纏った二人が、柔道場で激しくぶつかり合った。


「づがれだ……」

「ボクも。おかげさまで良い運動になったよ」

一時間後、柔道場を後にした二人は並んで校門へと歩いていた。

放課後の閑散《かんさん》とした校内は、いつもより靴音《くつおと》が響いて聞こえるような気がする。

「全身筋肉痛で治癒《ちゆ》が追い付かねーよ」

「魔法にばっか頼っちゃダメだよ。運動の後はちゃんとタンパク質を摂《と》るんだ」

「めんどくせー」

「意外とだらしないんだな、雷地は。まったく、体調管理は強さの基本だよ」

その時、一狼はポンと手を打った。

「そうだ、良いことを思いついた」

「ん？」

「雷地、寮を出てボクの家においでよ。一緒に暮らそう」

「な……っ⁉　何言ってんだよ⁉」

「べつに他意はないよ。部屋にはいくらでも空《あ》きがあるし、ウチのごはんは健康的で美味《おい》しいからどうかなって。ついでに、家族との共同生活にも慣れてもらえるし」

「他意がありまくりだろ……」

「通学も楽になるよ。勉強も毎日教えてあげる」

一狼は上目遣いで雷地を見つめた。

「どう？」

「うっ……い、一旦保留で」

「おっけー」

一狼はニコリと笑った。

その時、一狼のスマホが鳴った。

「おや」

メッセージが届いていた。

差出人は、中等部の波村静那。

針乃絡みで、連絡先を交換していた魔法少女だ。

山神一狼センパイ
お世話になっております。波村です。
針乃センパイから急ぎの伝言をお預かりしております。
至急、中等部校舎第二小教室までお越しいただけますでしょうか。

「ふーむ、急用かな」

「どうした?」

「『山茶花』の子猫ちゃんからだ。中等部の子。針ちゃん絡みで急ぎの用事だって」

「九時宮センパイ、いつも忙しそうだな」

「うん。あんな魔法を持ってるからね。他の人の三倍は稼働《かどう》してるんじゃないかな」

一狼はうなずいた。

「満月の日、針ちゃんにはボクの戦闘欲求を鎮めるのに毎月付き合ってもらってたんだ。ボクもできる協力はしないとね」

一狼は、校門の前で踵《きびす》を返した。

「待ってようか、一狼?」

「大丈夫。どれぐらいかかる用事か分かんないし。それよりさっきのこと、考えといてよね」

「はいはい」

「じゃ、またね」

一狼はそう言って、雷地とは逆方向に歩き出した。


「ああ、楽しいなぁ♪」

鼻歌交じりにスキップでもしたい気分だった。

元々女子たちに囲まれて華やかな日々を過ごしていた一狼だったが、最近はさらに楽しい。

「さっきの反応、ぜったい脈アリだよなぁ。雷地と一緒。毎日稽古《けいこ》……ふふ、ふふふ……」

そんなことばかり考えていたら、一狼はいつの間にか指定された教室に辿《たど》り着いていた。

「こほん。いけないいけない」

一狼は小さく咳払《せきばら》いをした。

「まずは、目の前の子猫ちゃんのお願いを聞いてあげないとね」

一狼は、少人数授業用の空《あ》き教室の戸を開けた。

「お待たせ、静那ちゃん。針ちゃんの伝言って……？」

「伝言？　悪いがそんなものは、ない」

空き教室で待っていた人物がピシャリと言った。

「おや？」

そこにいたのはメッセージの送り主、中学生魔法少女・波村静那……ではなかった。

「……キミ、誰？」

一狼は、教卓に腰かけていた制服姿の美少女にたずねた。

年頃は高一か高二。

艶《つや》のある長い黒髪をなびかせている。

強烈な意志を感じさせる瞳からは、魔力を含んだ赤い光が放たれている。

異能者だ。それも、かなり強力な……

「この学校の人じゃないよね。キミみたいな美少女、ボクが知らないはずがない。東京の術師関連も同年代は大体顔馴染《かおなじ》みだし……」

一狼は、ぱちんと指を鳴らした。

「分かった。関西の子でしょ。ボクの美貌《びぼう》を聞きつけて、わざわざ会いに来てくれたんだ」

「ふん、おめでたい脳みそをした男だな」

「ボクは女だよ」

「なに？」

紅眼の美少女は、いぶかしげに一狼を見つめた。

「おい静那、それは聞いてないぞ」

少女は、一狼の後ろに向けて言った。

「申し訳ございません、あびす様。性別までは聞かれませんでしたから」

返事は、一狼の背後から聞こえた。

「静那ちゃん……？」

中学生魔法少女・波村静那が、一狼の背後に立っていた。

「いつの間に……」

「どうぞ、教室にお入りください。一狼センパイ」

静那の声は、無機質だった。

「大丈夫？　静那ちゃん、この子に何かされた？」

「教室にお入りください、センパイ。さもないと……」

静那は、近くを通りかかった同級生たちの方をチラと見やった。

「巻き込んでしまうかもしれません」

「……穏やかじゃないね。魔法少女がしていい脅《おど》しじゃないよ」

やはり、何かがおかしい。

一狼は確信した。


魔法少女が、異能者でないカタギを巻き込むことはない。

フリでも、絶対にそんなことはしない。

信念や理想がそうである以前に、隊で厳格に教育がなされるからだ。

心や頭の前に、まず身体《からだ》にルールを叩き込まれる。

加えて、そんなことをしたと隊にバレたら、一発で魔法を剝奪《はくだつ》される。

優等生の静那が平然とそういう脅しを口にしていること自体が、一つのメッセージなのだ。

人質でも取られているのか。それとも、何か別の事情があるのか。

「……キミ、何者だ？　静那ちゃんに何をした」

空き教室に入った一狼は改めてたずねる。

背後では、静那が戸を閉める音がした。

「私は黒城あびす。来月からこの学園に通うことになった転校生だ」

「へえ。じゃあ、学校見学ってワケだ」

「そんなところだ」

「ふーん」

一狼は相槌《あいづち》を挟んで、切り返した。

「でも、それと静那ちゃんをおかしくさせていることと、なんの関係が？」

「コイツは、私に割り当てられた監視役だ」

「監視？」

「九時宮針乃はどうにも私を警戒しているようでな。私を監視させるために『補助』の名目で監視役を寄越してきた。気に入らぬから、乗っ取って手駒《てごま》にしてやったのだ」

この、魔王の『力』でな。

あびすはそう言って「べぇっ」と舌を出した。

その表面に、刺青《いれずみ》のような紋章が刻まれていた。

剣、あるいは杖《つえ》だろうか。

トランプの『クラブ』のマークに似ているような気もする。

「カッコいいね。ボクの友達の手に、似たような印があるよ」

「知っている。舞薗雷地だろう？」

「……！」

「貴様の次には、あの勇者を取りに行く予定だ」

メラメラと、あびすの身体から黒い炎のような魔力が立ち上っていた。

雷地、それに針乃をも上回るすさまじい出力だ。

「光栄に思え。我が手駒に加え、勇者討伐《とうばつ》を手伝わせてやるぞ【人狼】」

（……これは、ちょっとマズいか）

一狼はゴクリと生唾《なまつば》を呑《の》んだ。

目の前の相手の魔力の大きさも脅威《きようい》だ。

加えて、部屋に入った時から妙な気配がする。

あびすでも静那でもない。

何か、大きな生き物の中にいるかのような気配だ。

【裏東京】に少し似ている。

だが厳密には【裏】というより【異】だ。

相手は異世界魔王なのだから、なんの不思議もない。

「……」

一狼も、何もしていなかったわけではない。

何気なくポケットに突っ込んでいた手で、スマホの画面に触れていた。

針乃に連絡を。

そう思い、ちょうど起動させたままだったメッセージアプリを手探りで操作していた。

画面を見なくても、空《から》のメッセージぐらいは送れる。

針乃になら、これで伝わるだろう。

（後は、時間稼ぎがてらお喋《しゃべ》りかな。せっかく美人さんが会いに来てくれたんだし）

一狼はニコリと微笑《ほほえ》んだ。

「黒城あびすちゃん、だっけ？　手駒とやらを集めて、キミは何がしたいのかな？」

「何もかも」

「？」

「私は既に二度、死を経験している。現実で一度、異世界で一度。そして学んだのだ。他人や規範に従って『普通』に生きても報われることはない、とな」

「だから、ヤンチャしちゃうのかい？」

「そうだとも。まずはこの学園のめぼしい異能者を手中に収める。ゴールは、九時宮針乃だ。貴様や勇者を手中に収め、奴の攻略に取り掛かるつもりだ」

「そう思い通りにいくかな?」

一狼はポケットから手を引き抜くと、【六衛流】を構えた。

「遊んであげるよ。その代わり、静那ちゃんを解放してあげてくれないか」

「断る。まだ使い道のある駒だ。例えば、こんな風にな」

あびすが顎《あご》で指示すると、背後で静那が【六衛流】を構えた。

その矛先《ほこさき》は、一狼に向いている。

一対二。

しかも相手は片方が『魔王』。

RPGならば、負けイベント以外ありえない状況だ。

「ハハハ、欲張りさんな子猫ちゃんだ……ッ!」

一狼は軽口を叩きつつ、『異世界魔王』黒城あびすと向かい合った。

「この子はちょっとマズい……放っておいたら大変なことになる」

今、この場で止められるなら、それがベスト。

次善は、この場から逃れて誰かにこの状況を伝えること。

「次善……かな?」

判断を下すと、一狼は教室の外に向けて走り出した。

静那が塞《ふさ》いでいる教室の出入り口ではない。

窓だ。

外に面した窓ガラスを蹴破《けやぶ》って、校舎裏へと飛び出した。

高さは二階。

眼下には未舗装《みほそう》の地面が見える。

「よかった、誰もいない」

この時間なら誰もいないとは思っていたが、賭《か》けだった。

「問題ない。ボクの脚力なら、着地できる！」

そう思って落下の衝撃に備えた一狼は……

空き教室の中に、着地していた。

「えっ⁉」

想定より軽い着地の感触に、一狼は体勢を崩した。

「今、たしかに……ッ！」

ケガをする覚悟で、外に飛び出したはずだ。

振り返ると、窓ガラスが壊れていない。

「これは……⁉」

「なんだ、知らないのか？」

教卓に腰かけたままのあびすは、一狼を見下ろしほくそ笑んだ。

「魔王から逃れることはできない。常識だろう」

あびすは、手を一狼に向けてかざした。

「『爆火《アグニム》』」

「――ッ⁉」

瞬間、一狼は教室の壁に叩きつけられていた。

魔法による爆破によって吹き飛ばされたのだ。

「カハッ……」

一狼は、身体を『く』の字に曲げて、うめいた。

圧倒的な魔力に被爆したことにより、全身がヒリヒリと灼《や》けるようだ。

「この程度か？　聞いていたほどではないな」

あびすは一狼を見下ろし、息を吐いた。

「とは言え、リスクを冒してまで取りに来た駒だ。舞薗雷地を釣るエサに利用するとしよう」

「……あはは♡」

ゆらりと、一狼は起き上がった。

その全身から『気』が立ち上る。

山神一狼の胎内《たいない》に宿る『神』の力だ。

「ごめんね、黒城さん。せっかくアプローチしてくれたのに、逃げるなんて失礼だったよね」

一狼は笑っている。

それどころか、ご馳走《ちそう》を前にした子供のように目を輝かせている。

あびすは、目を丸くした。

「レベルが上がっている……なるほど、そういうタイプか」

あびすはニヤリと笑い、教卓から床へと降り立った。


「抜剣《ばっけん》【まおうのつるぎ】」


あびすの口からどろりと黒い粘液が吐き出され、黒曜石《こくようせき》の剣へと変質した。

それは、斬った物を支配する一撃必殺の剣……

だということを、一狼は知らない。


「遊んでやるぞ、メス犬。誰が主人か躾《しつけ》をしてやる」

「犬じゃない、狼さッ！」

一狼は床を蹴って飛び上がり、あびすへと立ち向かった。

証言（5）『波村静那（学生、魔法少女隊『山茶花』茎組所属）』

もしもし、針乃センパイですか。
お疲れ様です、定時連絡です。
はい、学校見学はつつがなく終了しました。
監視対象……黒城あびすに変わったところはありません。
大人しく学校を見学して、それで終わりです。
先ほど、次の担当に引継ぎ完了しました。
え？　一狼センパイですか？
すみません、ちょっと見かけてないですね。
何か、あったのでしょうか？

証言（6）『山神一狼（学生、山神家次期当主）』

もしもし？
やあ、お疲れさま針ちゃん。
さっきの空メッセージ、ビックリしたよね。
何かあったかと思っちゃったよね。
ごめんごめん。
ポケットに入れておいたスマホが画面点けっぱなしになってたみたいで。
勝手にメッセージを送っちゃってたみたい。
ボクもさっき気付いたから、こうして電話をしてるってワケ。
心配かけてごめんね。
今度、何か差し入れするよ。

え？　転校生？　いや、初耳だなぁ。
なんでもない？　ああ、そう。
うん。おやすみ、針ちゃん。

#13『お茶会』

おつかれ雷地。

今日は一緒に帰れなくてごめんね。

ところで明日なんだけど、予定空いてる？

異能関係の友達とお茶するんだけど、キミもどうかな。

強い子も来るよ。


「面通しってところか……？」

メッセージを見て、雷地は思った。

一狼は結構な家柄の出らしい。

生まれた時から、いや、生まれる前から異能者になることが決まっていた存在だ。

異世界で喩《たと》えるなら、名門騎士一族の御曹司《おんぞうし》のようなもの。

ということは、東京に暮らす様々な若手の術師たちとコネもあるに違いない。

現に、針乃ともかなり長い付き合いのようだ。

そういう集まりに、雷地を紹介しようというのだろうか。

「考えすぎか？　いや、でも、今日なんて同居を誘われたしなー」

雷地は、スマホを片手にゴロゴロと煩悶《はんもん》した。

「そんだけ俺のこと気に入ってくれてるってんなら、悪い気はしないけどさ……」

そう思うのと同時に、少し億劫《おっくう》な気持ちもあった。

「ってか、誘うなら昼間会ってた時に誘ってくれよぉ～」

雷地は行く返事を返しつつ、部屋のクローゼットを漁《あさ》った。

「着ていく服が……ない」

雷地は、外出用の服には無頓着《むとんちゃく》だった。

異世界から戻ってきた時点で、中学時代の服は入らない。

それに、遊びに行くための服を新しく買うような気分でもなかった。

普段は制服、休日は寮でジャージ姿だ。

「一狼はオシャレだろうしな。ちょっと気が重いな」

既に陽は落ちている。

マトモなアパレルショップはどこもしまっているだろう。

「まあデートじゃあるまいし、なるようになるか……？」

そうは思いつつ、『男子　デート　服装』などと検索をかけていると、スマホが鳴った。

登録してない番号からの着信だった。

「もしもし……？」

『おつかれ、舞薗くん』

「九時宮センパイ？　どしたんスか、こんな時間に」

　ガヤガヤと、電話の向こうから喧騒《けんそう》が聞こえる。

「もしかして、こんな時間にまだ外スか？」

『うん、仕事中。ちょっとお話、いい？』

「いいスけど……」

『一ッちゃんのことなんだけどさ。昨日今日で何か変わったところはなかった？』

「……一狼スか？　変わったところって、具体的にどんな？」

『なんでもいいよ。調子が悪そうだったとか、何か隠し事してそうとか、何かの術にかかってそうとか、そういうの』

「さあ？　少なくとも、最後に見た時、俺の【鑑定眼】には変なの映ってなかったッスけど」

『それって、いつごろの話？』

「午前授業終わって、アイツとの鍛錬が終わった後だから……四時五時ってところじゃないスかね。ちょうど呼び出しが入ったタイミングで、一狼と別れたんスよ」

『？　呼び出しって、誰が一ッちゃんを呼び出したの？』

「九時宮センパイに決まってるじゃないスか。誰かは知らないスけど、センパイからの伝言があるって呼び出されて、一狼のやつ中等校舎の方に行っちゃったんスよ」

『……』

「どしたんスか、センパイ？」

『……ううん、大丈夫だよ、ありがとう。何か気付いたことがあったらすぐに知らせてね』

テロンと、通話が切れる音がした。

針乃の方から電話を切ったようだ。

「もしもし、センパイ？　あー、切れてるし」

ちょうど明日お茶に誘われてる話、しておこうかと思ったのに。

「速すぎるのも考えもんだな」

とは言え、かけ直すほどのことでもないか。

明日、何か変なことがあれば、その時にかけ直せばいいだろう。

雷地はそう思っていた。

「ってか、服……どうしよう」

寮の友達に借りるという手を思いつくまでに、雷地は三十分かかった。

彼にしては時間がかかった方だろう。


そして、明くる日。

その日は朝から小雨が降ったり止んだりしていた。

「そっか。もうすぐ、梅雨《つゆ》か」

友達から借りたパーカーとスキニーパンツ姿で寮を出てから、雷地は気が付いた。

雷地にとって、三年ぶりの梅雨だった。

「まあ、傘を差すほどでもないか」

借り物の服を濡らすのも悪いから、本降りになってきたらどこかで傘を買おう。

【雷】の魔力で雨粒を弾くこともできるし、問題はないだろう。

待ち合わせをしたJR水道橋駅《すいどうばしえき》の改札でそんなことを考えていると、背後から声がした。

「おはよう、雷地」

背後から一狼の声がした。

「ああ、おはよう一狼。今日は……」

誘ってくれてありがとう。俺の格好、変じゃないかな?

そう言おうとした雷地の言葉が、途切れた。

【人物鑑定】
名前：山神一狼
レベル：55
属性：気、獣、魔、闇
クラス：武闘家、山伏《やまぶし》、人狼、魔王のしもべ
状態：身体強化、感覚強化、幻覚、洗脳、催眠《さいみん》、支配、傀儡《かいらい》、混濁《こんだく》、汚染
発動中スキル：【過剰闘気《かじょうとうき》】【魔性の魅力】【魔王の支配】

「な……⁉」

そこに立っていたのは、確かに一狼だった。

雷地が借りてきた服装より、はるかに高いレベルのオシャレを決め込んでいた。

上は簡素なブラウスにジャケット。

下は……なんだかオシャレな感じのスラッとしたパンツに革靴《かわぐつ》。

『王子』の呼び名に恥じない、女子どころか男子までもが息を呑《の》む私服姿だった。

しかし、違う。

これは一狼じゃない。

雷地は生唾《なまつば》を呑んだ。

「どうしたの、雷地？」

一狼はクスッと笑った。

「まさか、ボクの私服姿に見惚《みと》れた、なんてことはないよね？」

「あ、いや、その……」

雷地は言葉に詰まった。

言えるわけがない。

ステータスを見る限り、一狼はどう見ても何者かの支配下にある。

奴だ。

『魔王』黒城あびすが、やりやがった。

雷地は大きく息を呑んだ。

「ほんとにどうしたの？　具合でも悪い？」

「い、いやぁ……」

雷地は、少しおおげさに照れてみせた。

「一狼のオシャレさを見たら、なんだか自分の格好が恥ずかしくなっちまってさ」

「そうかな？　雷地らしくてカワイイと思うけど」

「実を言うと、着てくる服なさすぎて寮の友達に借りてきた」

「そうなんだ。まあ異世界帰りだもん。仕方ないさ」

一狼は、いつもの一狼の調子で相槌《あいづち》を打った。

（……どこまでだ？）

どこまでが、素の一狼なのだろう。

雷地には判断がつかなかった。

休日の水道橋駅には、人が溢《あふ》れている。

今、下手《へた》に刺激するわけにもいかない。

「じゃあさ、雷地。今から一緒に買いに行こうよ。ボクが雷地の服を選んであげる」

「え？　一狼の友達と合流するんじゃなかったのか？」

「さっき連絡が入ったんだけど、少し遅れるってさ」

「そ、そうか」

「ほら、行こう」

一狼は雷地の手を引いた。

「あ、ああ」

雷地は一狼の手を取り、引かれるがままに続いた。

まるでデートじゃないか。

そんなことを思いつつも、雷地は気を引き締める。

隙《すき》を見て、針乃に連絡しなければ。

昨日の連絡から察するに、針乃は一狼の異変をなんらかの形で察してはいたようだ。

確信にまでは至らずとも、なんらかの予兆は感じていたのだろう。

「一狼、必ず助ける」

「え？　今何か言った？」

「いや、なんでもない」

雷地は使命を心に秘めると、一狼と共に、当初の目的地へと向かった。


東京ドームシティ。

野球の試合や大規模イベントの会場として知られる東京ドーム。

そのお膝元に広がる巨大アミューズメント施設だ。

遊園地、スポーツ施設、飲食店、ショッピングモール……

一日遊ぶなら、ここでほぼなんでも事足りる。

そんな場所に、雷地たちはいた。

「雷地は動けるんだから、やっぱりオシャレも大事だけど、まず機能性だよね。【裏門】の中にそのまま着ていけるような服を買おう」

「あ、ああ……」

雷地は、一狼に言われるがままにアウトドア系のファッションストアに入店した。

「このシャツとパンツ試してみて」

「こういうアウター持っておくと、ちょっとしたお出かけに便利だよ」

「せっかくならこっちのパターンも試してみよう」

「分かった、分かったから」

大量の試着品を押し付けられ、雷地は試着スペースに押し込められた。

(とんでもない量だな。操られてるせいなのか？　それとも、素の一狼がこうなのか)

雷地は着替えながら思考する。

一狼は何をどこまで操られているのか。

どうしてあびすはこんなことをしているのか。

どうすれば一狼を助けられるのか。

「あっ……」

試着室のカーテンの中で、雷地は気が付いた。

「今、九時宮センパイに連絡できるじゃんか」

雷地はスマホを取り出した。

『一狼がヤバいこと』と『今の居場所』。

この二つを伝えればいい。

たった十数秒でできることだ。

「……ッ！」

雷地がメッセージアプリに入力しようとした、その時。

「ねえ、何をしてるのかな？」

試着室のカーテンの隙間から、ギョロリと一狼の目が覗《のぞ》いていた。

「え、あ、いや……」

「ボクといるのに、他の誰かに連絡を取ろうとしてたの？　ダメだよ、雷地」

半裸姿を見られたことなど吹っ飛ぶような寒気が、雷地の背筋をツンと突き抜けた。

一狼の目から、今まで感じたこともないような冷たい殺気が放たれている。

「ほら、雷地」

一狼の手が、カーテンの隙間《すきま》から雷地に向けて差し出された。

「な、なに？」

「スマホ、預かってあげるよ。ボクとのショッピングに集中できるように」

「ええ……？」

「もしかして、イヤなの？」

一狼の声が、そろりと冷たさを帯びた。

「大丈夫。中身を覗いたりしないよ。ただ、預かるだけ。だから、ほら」

一狼は、力強く手をぐいと雷地に差し向けた。

「もしかして、イヤなの？　本当は連絡したいの？　ボクはただキミと、楽しい時間を過ごしたいだけなのに……ッ！」

「……分かったよ、一狼」

雷地はスマホの電源を落とし、一狼に手渡した。

すると、一狼の顔にニコリと微笑《ほほえ》みが戻った。

「よかった。ほら、早く着替えて。ボクだって、好きで覗いてたわけじゃないんだから」

「あ、ああ」

雷地は確信した。

一狼は今、暗示にかかっている状態だ。

恐らく、あびすの【黒の支配者】によって、複数の命令を頭に刷《す》り込まれている。

そして、その命令を守れなくなる時、一狼は一狼でなくなってしまう。

（今は、ダメだ。黒城がどんな命令を一狼にしたか分からない以上、手出しはできない）

雷地は手早く着替えると、カーテンを開けた。

「どうだ、一狼？」

「似合ってるよ、雷地」

結局、その店で雷地はシャツとアウターとパンツを買った。

合計一万八千円。

店の中ではだいぶ安い買い物だったが、病院でのアルバイト代が軽く吹き飛んでしまった。

「どうして俺は、こんな高い買い物を……？」

口座から現金を引き下ろしながら、雷地は自問するのだった。


「借りた服よりそっちの方が似合ってるよ、うん。絶対そう」

「そりゃそうかもしれないけどさ。服って高いんだな」

「オシャレは戦いだよ。勝つためには、対価を支払わないとね」

さっそく買った服に着替えた雷地は、カフェでお茶を始めていた。

一狼は抹茶《まっちゃ》クリームフラペチーノ。

雷地はカフェオレ。

傍《はた》から見れば、さっきから仲の良い友達同士に見えるだろう。

一狼が女子だと見抜ける人にとっては、カップルに見えたかもしれない。

実際、やっていることはほとんどデートのようなものだ。

ただ【鑑定眼】を持っている雷地だけが、現状の不穏さを理解している。

今、自分の目の前にいる一狼の、どこまでが一狼なのか。

状況は、どこまで深刻なのか……？

息が詰まりそうだった。

「悪い、ちょっとトイレ」

「行ってらっしゃい」

席を外し、カフェ内のトイレに向かいながら雷地は考える。

どうする？

このまま黒城あびすの思惑に乗るべきか？

奴の目的はなんだ？

俺を釣り出して、どうする気なんだ？

一狼と同じように、俺にも【黒の支配者】を仕掛ける気か？

だとして、どうやって……


その時、雷地の入っている男性用トイレに、大学生らしき男が入ってきた。

「あ、あの、すみません」

雷地は男子学生に声をかけた。

「俺、スマホを落としちゃって、自分のスマホに電話かけたいんですけど、一瞬だけスマホを貸してもらえませんか」

「……まあ、いいけど」

「あざす！」

雷地はなるべく小声で礼を言った。

雷地は男子学生が用を足している間に、スマホに番号を入力する。

昨日、針乃からの着信で、番号は覚えてある。

「たしか、番号は……」

入力する雷地の手首に、ふと圧迫感があった。

「ん？」

後ろから摑《つか》まれている。

誰に？

いや、まさか。

「い、一狼……ッ！」

男子トイレにまで入ってきた一狼が、背後から雷地の手首を摑んでいた。

「ここ、男子用だぞ⁉」

「誰も不自然に思いやしないさ。それより……」

一狼は、雷地の手からスマホを取り上げると、男子学生に返した。

「ボクのスマホを使わせてあげるんで、大丈夫ですよ。お返しします」

「……あ、ああ」

ただならぬ気配を察したのだろう。

男子大学生はそそくさとトイレを後にした。

バタン。

ドアが閉まった途端、一狼は雷地をトイレの個室に叩きこんだ。

便座の上に雷地を無理やり座らせ、新品のアウターの襟元《えりもと》を摑《つか》んだ。

「どうしてこんなことするの、雷地？　ボク言ったよね？　『連絡はするな』って」

「……ッ！」

ここなら人目にはつかない。

動くなら今だ。

雷地は意を決して切り出した。

「一狼、お前は操られてるんだ。マトモな精神状態じゃない。だから助けを……」

呼ばなくちゃいけないいんだ。

雷地はそう言おうとしたが、言えなかった。

一狼の表情に、目を奪われていたからだ。

「どうして、そんなこと言うんだよ、雷地……」

一狼は目からポロポロと大粒の涙を流している。

「ボクはただ、『命令』に従っているだけなのに、どうして雷地は嫌がるんだよぉ……」

「一狼……」

これは、ダメだ。

今の雷地には一狼をどうにかすることはできない。

雷地は、二つの意味で思った。

一つは、一狼を操っている『支配』の強力さだ。

言って聞かせたところでどうにかなるものじゃない。

それほどまでに、何者かによって一狼にかけられた術は、彼女の思考を捻《ね》じ曲げてしまっている。

二つは、もっと単純な話だ。

操られていても、一狼は一狼だ。

傷つけることは、雷地にはできない。

「ごめんよ、一狼。俺が悪かった」

おろしたてのハンカチを、雷地は一狼に渡した。

「もう、誰かに連絡しようとしない？」

「ああ。約束する」

雷地は約束しながら、心の中でもう一つ誓う。

（必ず助けるからな、一狼）

一狼は涙を拭《ぬぐ》うと、ハンカチを雷地に返した。

「じゃあ、戻ろうよ雷地。『友達』が来たよ」

「そうか」

「緊張しなくていいよ。とってもいい子だから。雷地もきっと好きになるよ」

んなワケあるか。

雷地は心の中で戦意を奮《ふる》い立たせつつ、トイレを後にした。


カフェの店内に戻ると、一狼と雷地の座っていたテーブル席にもう一人女子が座っていた。

「戻ったか、一狼」

「うん。危ないところだったよ、あびす様」

湯島の制服を着た黒城あびすだ。

「お前か……お前が一狼を……」

「いかにも。私が支配している」

黒城あびすは、一狼の頭にそっと手を置いた。

「『眠っていろ』」

瞬間、一狼はフッと意識を失ってカクンと頭《こうべ》を垂れた。

「一狼……!?」

「安心しろ。眠っているだけだ。会話の邪魔なのでな。それと、一応の保険だ」

「保険……？」

「貴様には関係のないことだ」

あびすはブラックコーヒーを一口すすり、口の端から垂れた黒い液体を黒地の袖《そで》で拭った。

「単刀直入《たんとうちょくにゅう》に言おう。現在私は四人の魔法少女と、この山神一狼を【黒の支配者】の支配下に置いている」

「……ッ！　人間にも使えたのか」

「人間だけが対象外だなどと、思い上がった人間中心思想《ヒューマニズム》だな。それに、使えないとは言ってない。ただ、異世界では魔物を操るのに使ったと言ったまでだ」

「……どうして、こんなことを」

「この状況が欲しかったからだ。九時宮針乃の監視外かつ大勢の一般人の中、貴様を取り囲んでいる、この状況がな」

「なに……」

雷地は周囲を【鑑定眼】索敵モードで見回した。

いる。

魔法少女が四人。

カウンター席に二人。

別の席に一人。

店の外に一人。

中には、学園で見知った顔も見えた。

「全員に私の『支配』が届いている。分かるな、抵抗は無意味だ」

「何が目的だ」

「なにもかも」

「……具体的に言えよ」

「貴様はモンスター育成系のRPGをやったことがあるか」

「なに？」

「モンスターとか、ガチャで引いたキャラとかを育てて、戦わせるゲームだ」

「……あるけど、それがどうした？」

あびすは、一狼のフラペチーノに口を付けながら語る。

「私のスキル【黒の支配者】は、あらゆる存在を六体まで『手駒《てごま》』としてストックできる。となれば、やることは一つだろう」

「はぁ？」

「ゲームだよ。最初は主人公の手持ちは弱い。初心者がもらえるノーマルモンスターだけだ。しかし、敵を倒して手持ちを増やし強化していけば、前には倒せなかった強敵を倒し、新しく手持ちに加えることができる。その繰り返しこそが、育成モノの面白味というわけだ」

あびすは、ニヤリと笑った。

「私はそれがやりたい。『最強』の手持ちを手に入れて、今まで私を好き放題に抑圧してきたこの世界でやりたい放題してくれる」

「そんな、自分勝手なこと……」

「その通り、RPGの本質はエゴイズムだ。それは勇者、貴様にとっても同じことだ」

「なに……ッ」

「勇者行為とは、美化された虐殺《ぎゃくさつ》と略奪だ。貴様はその『力』をモノにするまでに何体の魔物を殺してきた？　まさか不殺を貫けるほどぬるい世界に行っていたワケでもあるまい？」

「それは……」

「私はずっと『普通』の名のもとに搾取《さくしゅ》され、踏みつけにされてきた。だが今度は私の番だ。二度死んでなお生きながらえたこの命、使い方は誰にも文句は言わせん」

「させると思うかよ」

「そうイヤそうな顔をするな」

「なに？」

あびすは、ニヤリと笑った。

「私は気に入った手駒には優しい方だ。この東京で『普通』に生きるより、よほど楽な暮らしをさせてやる」

あびすは、隣で気を失っている一狼の頰《ほお》を撫《な》でた。

「デートは楽しかったろう？　『手駒』とは言え、週休二日ぐらいの自由意志は残してやる。その間、好きに恋愛でも繁殖《はんしょく》でもするがいいさ」

「ふざけんな」

「ふざけてなどいない。これから現実になる提案だ。それとも、この場で貴様を叩きのめしてやらないと、貴様の脳みそでは理解できないか？」

「待て、ここでやるつもりか……⁉」

雷地は周囲を見回した。

今日は日曜日で、ここは東京ドームシティだ。

周囲には大勢の客がいる。

「正気か？　こんなところで戦ったら、被害が……」

「不都合か？　嫌なら大人しく『支配』を受け入れればいい」

「……ッ！」

ここでは戦えない。

しかしここで彼女に従えば、次、また次と、異能者がこいつに落とされていく。

今ここが、黒城あびすを止め、一狼たちを助け出す最後のチャンスかもしれない。

「クソ……ッ！」

まずは、脱出だ。

どうにかこの場を脱出して、針乃にこのことを知らせなければ……

一か八か、雷地が動き出そうとした。

その時だった。

コトン。

テーブルに紙コップの置かれる音がした。

それは、カフェの中にいれば一分に十回は聞くことになる、ありふれた音だった。

だから、雷地もあびすも気が付かなかった。

その紙コップが置かれたのが、三人のついたテーブルであることに。

「キャラメルアーモンドエキストラホイップバニラクリームフラペチーノ、ベンティサイズ。

ふふ、ちょっと盛り過ぎちゃったかも」

糖分と脂質《ししつ》の詰まった特大ベージュの紙コップを置いて、一人の魔法少女が席に加わった。

「なっ……!?　あ、アンタは……」

「貴様、どうしてここに……!?」

「私も、もう少しだけあびすちゃんのお話を聞いてあげたかったんだけどね」

スプーンでキャラメルクリームをすくいながら、九時宮針乃はニコッと笑った。

「一般人が巻き込まれる事態を見過ごすわけにはいかないんだよ。魔法少女だからね♪」

相変わらず、その目だけは笑っていなかった。

#14『東京LV99』

雷地はゾッとしていた。

たった今、どうにか連絡を取ろうと思っていた味方が隣にいた。

本来なら「頼もしい」とか「助かった」とか思うところだ。

実際、そういう気持ちが心の大部分を占《し》めていた。

しかし、心のどこかではやはりゾッとしていた。

ちょっとだけ、あびすに同情していたのかもしれない。


「貴様、どうやってここに……ッ！」

魔力を練《ね》ろうとしたあびすの前に、突起物が迫った。

「ッ⁉」

「よそうよ。お店で暴れるのはよくないよ」

あびすの目の前に突き出されたのは、スプーンだった。

その上には、特盛のキャラメルクリームがたっぷりのっている。

「ほら、あーんしてよ。照れてるの？」

「……クソっ」

針乃のキャラメルクリームを口に含むと、あびすはブラックコーヒーで流し込んだ。

よっぽど甘かったのだろう。

「……質問に答えろ。どうしてここが分かった」

「マーキングした魔力を追ってきたんだよ」

「マーキング？　誰にだ」

「キミだよ」

針乃は、雷地を見てそう言った。

「俺……？」

「そ。あびすちゃんの見張りに付けてた子たちが不審な動きを見せたから、もしやと思ってね。舞薗くんに預けていた魔力の一部を辿《たど》ってここまで来たんだ」

「マーキングなんていつの間に」

「ほら、したでしょ？　お呪《まじな》い」

「あー……」

あれか。

あのキスは、本当に雷地に術をかけていたのか。

「って、そんなことのためにあんな……」

「でも、役に立ったでしょ」

針乃は、なんでもないことのように言ってのけた。

「あとは、一ッちゃんのファインプレーだね。あの空《から》メッセージとその後の訂正《ていせい》、あとは舞薗くんの証言で、だいたい今回のことの予想が付いたんだ」

　針乃は笑った。

「ギリギリ間に合ったよ。危ないところだったね、あびすちゃん」

「なに？」

「もし一般の人を巻き込んで怪我《けが》をさせたり大規模な破壊を実行しようとしていたら、転入の取り消しだけじゃなく、『消去』まで視野に入るところだったんだよ」

「『消去』だと？」

「そう。私たち東京の術師は、罪を犯した異能者を刑務所に入れたり死刑にしたりはしない。代わりに『消去』するんだよ。『異能』と、それにまつわる『記憶』の全てを封印するんだ」

　針乃は、あびすの手を握った。

「安心して、あびすちゃん。今、ここで『ごめんなさい』してくれれば、すべては不問に付してあげる。あびすちゃんは、あびすちゃんのままでいられるんだよ」

「……ッ！」

　こいつ、本気で言っているのか？

　あびすがそう言いたげな顔で、針乃を睨《にら》んでいる。

「ご厚意痛み入るが、願い下げだ、九時宮針乃。私は既に二度死んでいる。今さら脅《おど》しや圧力に屈する『普通』の人生など願い下げだ」

ブラックコーヒーの入った紙コップを、あびすは強く握りしめた。

「どんなに大人しく生きていたって、ある日どこの誰とも知らない人間の不注意運転で全てを失うことだってある。私は、このたわけた社会に順応する気はない」

「悲しいね、あびすちゃん。ここで止まってくれないと、その記憶も消されちゃうんだよ？」

「ほざけ」

あびすは、針乃を睨みつけた。

「貴様のような女を異世界で見たことがある。聖女だ。異世界勇者たちを束ね、魔族の弾圧を先導した異端審問官……あの女も貴様と同じ目をしていた。私を憐《あわ》れむような目を……」

あびすは椅子《いす》を蹴《け》って立ち上がった。

「やはり貴様は、私の敵だ……ッ！」

あびすは立ち上がった。

カフェのしっとりとした静寂が破られた。

他の客たちの視線が一斉に雷地たちのテーブルに注がれる。

「やれ！　手駒ども！　公衆の面前で本気は出せないこいつを、叩き潰せ！」

あびすはそう叫ぼうとした。

しかし、

「やへ（やれ）ッ……ッ！」

声が出ない。

命令一つで待機させている手駒たちを起動できる。

なのに、出ない。

どれだけ息を送り込んでも、声帯が震えない。

その目の前で、針乃はフラペチーノを飲み進めている。

「口で命令しないといけないのは不便だね、あびすちゃん」

「はひほ（何を）……ッ!?」


傍《かたわ》らの雷地は、全てを見ていた。

いつでも動けるように密かに『雷刻官《バシオ》』を使っていたから、ギリギリ見えた。

答えは簡単だ。

針乃がテーブルの対面から手を伸ばし、あびすの喉《のど》に触れたのだ。

【時間】魔力の籠《こ》もった、ちょっと信じられない速度の突き。

しかしその手はあびすの喉を物理的に破壊することなく、魔力だけをあびすに置いてきた。

【時間】魔力がどう発声機能に作用したのかは分からない。

ただ、針乃はそれを確かな技術として実行したに違いない。

「安心して、あびすちゃん。呼吸はできるようにしてあるから」

「……ッ！」

あびすは手で喉を押さえ、荒い口呼吸と共に席につき直した。

「大きな声を出しちゃダメだよ、あびすちゃん。マナーは守らなくちゃ」

「うぐっ……」

それは、あまりに圧倒的だったせいで、むしろ静かな出来事だった。

ドタドタと足音が鳴ることすらない。

勝負自体は、一瞬かつ静かに決着した。

あびすの大声に集まった視線も、針乃の穏やかな注意と、当のあびすが着席したのを見て、日常へと戻っていく。

あるカップルは並んで動画を見続けている。

大テーブル席にラップトップＰＣを開いて作業をしている社会人は、イヤホンを外しもしない。

やってのけた。

この状態で、針乃は完全試合を成し遂《と》げたのだ。

「すげぇ……ッ！」

『変身』していない状態で、これか。

いや、『変身』せずにこれができないといけないのが、『魔法少女』なのか。

雷地の見立てでは、あびすは決して弱くない。

むしろ、雷地や一狼と同等以上に強い。

だから表立つことなく一狼を支配下に置くことができたのだ。

そんなあびすを、『変身』すらしていない状態で……


「ごめん、ちょっと連絡だけさせてね」

針乃はスマホを取り出して、誰かにメッセージを打ち始めた。

「『拘束《こうそく》に成功しました。人質五名と当事者一名の回収、簡易の封印をお願いします』と」


これが東京の……九時宮針乃のレベルか。

【鑑定眼】でも測りきれない、強さの高み。

雷地は、傍らで成り行きを見ていることしかできなかった。

「何はともあれ。ひとまずは助かった、か……」

雷地は、その時になって、気を失っている一狼に気が付いた。

あびすに命じられてから、そのままずっとすやすや寝息を立てている。

「おい一狼、そろそろ起きろよ」

雷地は一狼の肩を揺する。

「一狼、一狼？　おい寝ぼけてんなよ。電撃しちまうぞ、おーい」

雷地はイタズラ心で一狼の手に軽く電撃を流す。

静電気よりちょっと強いぐらいの衝撃だ。

痛みはないが、眠気覚ましにはちょうどいい。

しかし、起きない。

「一狼……？」

どうして、起きないんだ？

「まさか……」


あの時、あびすはなんと言っていた？

「保険」？

いや、その前だ。

たしか「眠っていた」と言っていた。

「眠れ」ではなく「眠っていろ」だ。

そこには、継続のニュアンスが含まれているような気がする。

それはいつまでだ？

もしかして、あびすに「起きろ」と命じられるまで一狼はずっとこのまま……

「九時宮センパイ、一狼が……ッ！」

それから少しして、魔法少女たちがカフェにやって来た。

あびすの支配下にある『手駒《てごま》』の魔法少女たちと、黒城あびす、そして意識不明状態の一狼を目立つことなく連れ出した。

その手際《てぎわ》の良さを、雷地は呆然《ぼうぜん》と見守っていた。

こうして、『異世界魔王』黒城あびすの侵略は、ごく小規模なうちに失敗に終わった。

ただし、その日のうちに一狼が目を覚ますことはなく、あびすと入れ替わる形で入院が決定した。

TOKYO

第五章

『学級崩界魔王決戦』

LEVEL
NINETYNINE

証言（7）『Tさん（都内私立進学校・英語教師）』

黒城《こくじょう》あびす、ですか。


確かに、半年間だけではありますが、担任として受け持っていた生徒です。

高校に入学して大体半年、一年生の十月頃に、あの事故がありましたから。

不注意運転の事故に巻き込まれるなんて、やりきれない話です。


成績は申し分ありませんでしたよ。

聞き分けも良かったです。

ただ、ちょっと真面目《まじめ》過ぎると言いますか……

本の虫、というタイプでしたね。

やや大人しめで、あまり自分の意見を言いたがらない生徒でした。

ですが、クラスの中でもお喋《しゃべ》りが好きな女子グループと頻繁《ひんぱん》に会話していたようでしたから、
担任としては何も心配していませんでした。


はい、彼女が目を覚ましたという話は親御さんから聞いています。

転校した事情についても。
ただ、連絡先は教えてもらえませんでしたね。
仲が良かった生徒たちが連絡を取りたがっていたのですが……
まあ、半年も眠っていたわけですから、まだ気持ちの整理がついていないのでしょう。
私は本人の意思を尊重したいと思っていますよ。
今でも大切な教え子であることには、変わりありませんから。

#15『はなしかける→たたかう』

お茶《ちゃ》の水《みず》。

湯島医科歯科大学・大学病院。

その日の朝までは黒城あびすが入院していた病室に、山神一狼《やまがみいちろう》が寝かされていた。

魔法少女隊『山茶花《さざんか》』だから許される、特別措置だ。

「雨、降ってきたね」

「……ッスね」

「傘、持ってきてる？」

「いや……」

雷地《らいち》は小さく首を横に振った。

「センパイ。俺は平気スから」

「……そう」

病室には、雷地と針乃《はりの》が残っていた。

窓の外では、ただでさえ暗い雨空が夜に傾き始めていた。

「一ッちゃん、起きないね」

「……」

「舞薗《まいぞの》くんの言ってた通りみたい。あびすちゃんの『眠っていろ』って命令が、一ッちゃんに眠りを強《し》いているみたいだね」

針乃は、眠っている一狼の頰《ほお》を撫《な》でた。

一狼はむず痒《がゆ》そうにその手から逃れた。

普通なら目を覚ますかもしれない。

だが、起きない。

無理にでも寝たふりをしているのではないかと勘繰《かんぐ》ってしまうほどだ。

「私としたことが、迂闊《うかつ》だったよ。あびすちゃんがこんな形で保険を用意していたなんてね。これで、私たちは拘束《こうそく》中のあびすちゃんに手出しできなくなっちゃった」

「九時宮《くじみや》センパイのせいじゃないッスよ。あの場で来てくれなかったら、もっと大変なことになってただろうし」

「ううん、私のせい」

針乃は言った。

「私がもっと完璧《かんぺき》なタイミングで介入していたら、一ッちゃんは眠らされなかった」

「そんなの、黒城の匙加減《さじかげん》じゃないスか」

「それだけじゃないよ」

針乃は、小さく首を横に振った。

「もっと早くあびすちゃんの犯行に気が付いていれば、事件を未然に防げた。それに、もっと私が完璧だったら、そもそもあびすちゃんはこんなことしようと思わなかったはず」

「なに言ってんスか」

雷地は針乃の言葉を遮《さえぎ》った。

「普通、そんなことできませんって。結果論じゃないスか」

「私は普通じゃいけないんだよ。結果に対して責任を持たなくちゃいけないんだ。それが、『こっち側』に残った私の責務なのに……」

針乃は一狼の前でうつむいた。

「ごめんね、一ッちゃん。私、またダメだったよ。魔法少女失格だ」

「センパイ……」

いつの間にか、外では雨が本降りになっていた。

シトシトと長い梅雨《つゆ》が始まる。そんな気にさせる音が外から聞こえる。


そう言えば、いつだったか。

針乃は雷地と自分を「世界を救った者同士」と言っていた。

針乃も、『世界』と呼べる何かのために戦った過去があるのだ。

それはきっと、ただ事ではなかったのだろう。

その重みの余韻《よいん》だけが、針乃の言葉の端々から感じ取れた。

(ああ、俺はこの人のこと、何も知らないんだな)

それでも……

「そんなことないッスよ」

雷地は、針乃の両肩を摑《つか》んだ。

「魔法少女失格なんて、言わないで。俺にとっては、センパイこそが魔法少女だ」

「え？」

針乃は戸惑いがちに顔を上げた。

「強くて、カッコよくて、不思議で、頼もしい……アンタが来てくれたから、俺は灰色の気分から抜け出せた。恩人だ。センパイは……背負い過ぎてるだけッスよ」

「……そうかな」

「そうに決まってる。俺だけじゃなくて、人に迷惑かけまくりの魔王女まで気にかけてさ。でもセンパイが全部抱え込まなくたっていいじゃないスか」

雷地は、続ける。

「上手《うま》く言えないスけど……俺だって一狼のためにもっと上手くやれた部分があったはずだ。一狼を助けるために何かしたい。だから……」

「……ふふ」

針乃は小さく笑った。

「何がおかしいんスか」

「だって、魔法少女を褒《ほ》める時は普通『かわいい』が入るでしょ。私、やっぱり怖いかな？」

「いや、それは、その……たまに？」

「ひどいなあ」

「いや、その……すいません」

「でも、ありがとうね。少し、楽になった」

そう言って、針乃は笑った。

穴の空《あ》いたような暗い瞳の奥に、チラッと光が見えた気がした。

深い井戸に沈んだ宝石に光が当たったたような、そんな光だ。

ああ、この人こんな顔もできるんだ。

雷地はそんなことを思った。


雨はシトシトと降り続けていた。

しばらく、雨の音に任せて二人は沈黙した。

なんとなく居心地が良くもあり、しかし頭の中ではお互いずっと考え事をしてもいる。

数分だったかもしれないし、一時間ぐらいだったかもしれない。

とにかく、二人はしばらくそうしていた。

「センパイ」

切り出したのは、雷地だった。

「一狼のこと、任せてくれませんか。俺が黒城に掛け合ってみます」

「どうやって。何か策があるの？」

「ないです」

「ないの？」

「ただ、黒城のことは二度話して少し分かったような気がするんです。アイツは自分より強い奴には反抗して、それ以外の奴は支配しようとする。要はガキなんスよ。だからこそ、俺とアイツとは釣り合う部分があるかもしれない」

「それってつまり……お子様同士ってこと？」

「いや、まあ否定はしませんけど。『勇者』と『魔王』、境遇も色々と近いですし」

雷地は咳払《せきばら》いしつつ、立ちあがった。

「黒城に面会、お願いしていいスか。状況が良くなる保証、ないスけど」

「……いいよ。『山茶花』のアジトに連れていってあげる」

病室を後にしながら、雷地は振り返った。

「待ってろよ、一狼」

「そう言えば、舞薗くん。傘は？」

「あれ、言ってませんでしたっけ？」

パリッと、雷地は電撃を身に纏《まと》った。

「俺、人目さえ気にしなければ雨には濡れないんスよ」

◆

魔法少女隊のアジトは都内各所にあるらしい。

湯島《ゆしま》からほど近い神田《かんだ》。

オフィス街と下町の境目にひっそりとたたずむマンションの一室にもそれはあった。


「おつかれ。沙羅《さら》、眼愛《めあ》ち」

「んー」

「お疲れ様です♡　針乃センパイ♡」

まるで友達の家を訪ねたかのように気安いノリの針乃に対し、帯刀した魔法少女と、眼帯をした魔法少女が出迎えた。

雷地は念のため、二人を【鑑定】する。

【人物鑑定】
名前：狩上《かろかみ》沙羅
レベル：71
属性：刀、気、魔

クラス：魔法少女、侍
状態：身体強化、感覚強化
発動中スキル：【第六感】【行住坐臥《ぎょうじゅうざが》】【鞘《さや》】

【人物鑑定】
名前：一条《いちじょう》眼愛
レベル：56
属性：魔
クラス：魔法少女
状態：視界拡張
発動中スキル：【毒蛇眼《どくじゃがん》】【飛鷹眼《ひようがん》】【恋猫眼《れんびようがん》】

当たり前だが、乗っ取られている様子はない。
それもそのはずだ。
黒城あびすの脅威《きょうい》を理解した上で、監視を担当しているメンバーだ。
かなりの実力者なのは、【鑑定眼】で見なくても気配で伝わってくる。
とは言え、一狼ですらやられたのだ。
用心しすぎるということはないだろう。

「あびすちゃんは？」

「大人しいもんだよ。ま、あの状態だしなー」

「少し、面会させてもらうね」

「話は聞いてるよ。どうぞー」

【刀】の魔法少女が、顎《あご》で奥の部屋を示した。

「ご近所迷惑になるから大声や騒音は禁止ね。賃貸だから備品も壊さないよーに」

「了解ッス」

雷地はうなずくと、コンビニのレジ袋片手にあびすの軟禁《なんきん》部屋へと入った。

【人物鑑定】
名前：黒城あびす
レベル：12
属性：なし
クラス：なし
状態：レベル封印、スキル封印、魔力封印、クラス封印、アイテム使用禁止
発動中スキル：なし

「……ちっ、貴様か勇者」

「おくつろぎのところ悪いな、魔王」

ジャージ姿の黒城あびすが、フローリングの床にあぐらをかいて雷地を待ち構えていた。

引っ越してきたばかりの寝室、といった感じの部屋だった。

最低限の家具だけが置かれた、飾り気のない部屋。

留置所《りゅうちじょ》として利用されているのだから、当然だ。

「なんの用だ」

「とぼけてんのか？　今日のデートの礼だよ」

雷地はどっかりとあびすの前に座り込んだ。

「差し入れだ」

雷地はコンビニのレジ袋から缶コーヒーを取り出し、あびすの前に置いた。

「よく私の好みが分かったな。しかし、こんな時間にブラックコーヒーか」

「飲めよ。話の途中で寝ぼけられたら、たまったもんじゃねえからな」

含みのある言葉だった。

「……よかろう」

あびすはコーヒーを口に含み、ごくりと飲み込んだ。

「ひとつ、聞きたいことがある」

本題を切り出そうとした雷地の前に、あびすが先手を打った。

「貴様、どうして異世界から戻ってきた？　『魔王』を倒した『勇者』が、わざわざこちらに戻ってきた理由だ」

「どうしてそんなことを聞くんだ」

「興味」

あびすは短く答えた。

「私が戻ってきたのは不本意の結果だ。魔族の幹部に裏切られ、聖導国《せいどうこく》の勇者どもに追い詰められ切り刻まれた結果、私は異世界での生を奪われ、ここにいる。だが、貴様はそうではないのだろう?」

「ああ」

「答えろ。なぜこちら側に戻ってきた」

「……」

雷地は少しの間、沈黙した。

その理由を言葉にするのは、初めてだったからだ。

「そうした方がいいと、言われたからだ。俺の存在が『次』の争いの火種になるからって……」

簡単な理屈だ。

強大な『魔王』を倒すために呼ばれた『勇者』がそのまま異世界に残れば、色々と角《かど》が立つ。

だから、帰されたのだ。

仲間から説明を受けて、雷地が承諾《しょうだく》したことだ。

「そりゃあ俺だって、可能ならもうちょっと異世界を見て回りたかったさ。仲間の皆とだって、もっと話したかったし……ほら、色々あるだろ、そういうのがさ」

「ふん、好きな女でもいたのか？」

「……っ」

「くく、ふははは、図星か！」

あびすは、今日一番愉快そうに笑った。

「そう言えば、貴様のステータスに【聖女の祝福】とかいうのがあったな？　その聖女だろう。ククク、『勇者』に『聖女』、お似合いではないか」

「……」

二連続で図星を衝《つ》かれ、雷地は反撃の言葉が見つからない。

それをいいことに、あびすは畳《たた》みかけた。

「馬鹿な奴だな。好きな女がいたのに『帰れ』と言われて、すごすご逃げ帰ってきたわけか」

「ああ、そうだよ」

雷地は、苦虫《にがむし》を噛《か》み潰したようにつぶやいた。

「イーリス、アイツにはアイツの事情があったんだ。それに、俺が残ったせいでアイツに迷惑がかかったら……」

「ふん、所詮《しょせん》はその程度の『好き』だったというわけだ」

あびすはせせら笑う。

「本当に愛していたなら、ケチをつけてくる連中を全員ぶち殺して、そいつを自分の物にしてしまえばよかったではないか」

「ばか言え、そんな『魔王』みたいなことできるかよ」

「できるだろう。『魔王』を倒したのならば」

あびすは即答した。

「もちろん私ならそうする。いや、そうした。好きな物は全部手元に置き、欲しい物があれば奪いに行った。楽しかったぞ、異世界の日々はな」

あびすは、コーヒーの缶を傾けた。

「だから、私はまだやるぞ。魔法少女隊『山茶花』、相手にとって不足はない」

「まだやる気かよ……」

「私には、山神一狼という切り札がある。まさか、九時宮針乃の急所になりうるとはな」

あびすはほくそ笑んだ。

「めちゃくちゃにひっかき回してやる。九時宮針乃の、あのすました顔をな」

「んなことする意味あるかよ」

「ある。私はこの世界が大嫌いだ」

あびすの言葉は力強さを増していく。

「魔王となる前、私はどこにでもいる『普通』の女だった。周りに迷惑をかけないよう小動物のように息を潜め、親の理不尽な期待に応え、クラスのクソゴミ女どもの嫌がらせにも我慢し、渋々と生きてきたのだ。いつか、私の人生が報われる日が来ると信じていたからだ」

「……」

「だというのに、轢《ひ》かれたのは私だった。イジメの当事者でも、黙認していたクラスメイトやゴミ教師でも、私の訴えを無視した親どもでもなく、私が脈絡なく轢かれたのだ」

あびすは、ブラックコーヒーよりも苦々しい顔で言う。

「分かるか？『異世界』と『力』だけが私を救ってくれたのだ」

「そんな悲しいこと言うなよ……」

「だが、事実だ。貴様がそうやって綺麗事《きれいごと》を言えるのも、『力』があるからだろうが」

あびすは、雷地の手首を摑《つか》んだ。

「安い同情で私を説得するより、その『力』で私を拷問《ごうもん》した方が手っ取り早いぞ」

そう言って、あびすは雷地の手を無理やり自分の胸に押し当てた。

トクトクと、ジャージの生地越しに心臓の鼓動が伝わってくる。

弱々しい鼓動だ。

「今の私に、電撃に抵抗する魔力はない。殺さないようにさえ気を付ければ、いくらでも私の意志を破壊することができるだろう」

「……なんでそんなに楽しそうなんだよ」

「楽しいとも。今度こそ本当に死ねるかもしれん。またあちら側に逝《い》くのも悪くないしな」

「……本当に嫌いなんだな、この世界が」

雷地は、あびすの手を振り払った。

「ふん、ヤらないのか。あとで後悔《こうかい》するやもしれんぞ」

「……正直、お前みたいなのを野放しにしておいちゃダメだとは思ってる。勇者である俺が、責任をもって倒すべきなんじゃないかとも思う」

「ふん、そうしないのは、『勇者』の在り方に障《さわ》るか？」

「……それもある。だけど、それだけじゃない」

雷地の手には、まだ心臓の鼓動の感覚が鮮明に残っていた。

「黒城。同じ異世界帰りの奴が終わっていくところを、俺は見たくない。だってそんなの、救いがないじゃないか」

雷地は、自分の胸に手を当てた。

「確かに、俺だって異世界にもっといたかった。でも、こっちに戻ってきたら、それはそれで楽しくやれてるんだよ。だから黒城、お前だってきっと……」

「つくづく安い共感の押し付けだな。骨の髄《ずい》まで『勇者』に毒された偽善者め」

あびすは、あざけるように続けた。

「で、話は終わりか。まさか、そんな陳腐《ちんぷ》な言葉で私の心が動かされるとでも思っていたのか」

「……いや」

雷地は、小さく首を横に振った。

「黒城、俺と戦え。一狼を賭《か》けて、俺と戦え」

「……ほう？」

あびすはニッと笑った。

「結局は『力』に頼るのか」

「『力』が信条のテメェと取引するには、こうするしかないだろ」

雷地だって修羅場《しゅらば》はくぐっている。

殺されそうになったこと、味方を殺されたこと、敵を殺したこと……

すべてを経験している。

雷地は、話し合いで世界を救ったわけじゃない。

「だけど、『力』だって正しく使えば人のためになる。決闘で俺が勝ったら【黒の支配者】から一狼たちを解放してくれ」

「私が勝ったら？」

「俺がお前の支配下に降《くだ》る」

「ふん、貴様が我が『手駒《てごま》』全員と釣り合うとでも？」

「何を言ってやがる。回りくどい真似《まね》してまで俺を欲しがったのは、お前だろ」

「……」

「魔法少女に【鑑定眼】の使い手はいない。俺を支配できれば、【黒の支配者】で誰が『手駒』にされているのか即座に見抜ける敵はいなくなる。だから、お前は俺を取りに来たんだ」

「ちっ……」

　今度は、あびすが図星を衝かれて言葉に詰まった。

　雷地は畳みかける。

「それとも、やっぱりタイマンは怖いかよ？」

「なんだと」

「九時宮センパイに鼻っ柱折られて、人質作戦なんてかましやがって。それが『魔王』のやることかよ？　せいぜい魔王軍幹部レベルだろうが」

「言わせておけば……ッ！　九時宮針乃に飼いならされた、金魚のフンが」

「だから、その金魚のフン様がタイマンでやろうつってんだろうが」

　雷地は真っすぐにあびすを見据えた。

「闘《や》るのか、闘《や》らないのか！　たかが勇者一匹レベルにビビってちゃ、この東京をめちゃくちゃにするんて不可能だぜ⁉」

「……ッ！　いいだろう！」

　あびすは宣言した。

「この『魔王』直々に、貴様の決闘を受けてやるッ！　『手駒』の支配権と貴様の身柄を賭けて、貴様と戦ってやるッ！」

　その時、部屋をコンコンとノックする音がした。

「盛り上がってるところ悪いけど、今、何時だと思ってるの。ご近所さんから苦情来ちゃうよ」

「あっ……」

時刻は、既に23時を過ぎていた。

#16『太陽』

元『異世界勇者』舞薗雷地 VS 元『異世界魔王』黒城あびす。

その決闘の日時と場所は、魔法少女たちとの協議により速やかに決定された。

なるべく早く、かつ誰にも迷惑が掛からない。

そして何より、本気で戦える場所。

その実現は思ったよりも早く、身近な場所で叶った。


「今日の午後なんだが、四時から校舎全体の施設点検が入るため、校内での居残りや部活動は全面的に禁止だそうだ。各自、自主練に励《はげ》むように」

「えー!?　新人戦、来週なのに!?」

「そう言うな。教職員も強制帰宅なんだ。警報の点検もするとかで、人がいると困るらしい」

「わ、本格的……なら、しかたないかぁ」


魔法少女たちは、その気になればこんな無理を通すこともできるらしい。

6月11日（金）、16時47分。

湯島学園敷地内には、雷地とあびすだけが取り残されていた。

「……【裏】とやらに入ったな。随分《ずいぶん》と気合の入った空間魔術ではないか」

「ああ」

舞薗雷地と黒城あびすは校舎二階の廊下《ろうか》を歩いていた。

いつもと変わらない学園の風景……とはとても言えない。

人の姿はなく、歩く靴音《くつおと》は大理石を叩くかのように響く。

遠くで陽が傾き始める中、いかにも怪談の舞台になりそうな雰囲気《ふんいき》に満ちている。

「関西から陰陽師《おんみようじ》を呼んで、結界を補強してもらってるらしい。俺らが何をやっても、結界が壊れることはない。現実に影響を及ぼすことも、邪魔が入ることもないそうだ」

「ククク……魔法少女の次は陰陽師と来たか」

「そう驚くことでもないだろ。俺たちみたいなのが実在してんだから」

「違いない。ところで……」

あびすは並び歩く雷地の顔をチラリと見やった。

「私たちはどこに向かって歩いているのだ？」

「べつに、どこも目指してねえよ」

「なに？」

「土地勘はこっちにあるからな。どこで始めるかはそっちが決めろよ」

「ふん、フェアプレイ気取りか。どこがどうとか、知ったことか。一度見学には来たが、あれは山神一狼を奪うための口実だ。まともに通うつもりなど、最初からなかった」

「じゃあ、ここでやるか？」

「……いや、待て」

あびすは足を止め、小さくつぶやいた。

「図書室。図書室を見ておきたい」


【裏】でなくとも、図書室は異界の気配がする。

自分の知らない世界に続く扉が、図書室には本の数だけ開かれているからだ。

「ふむ、偏差値《へんさち》の低い学校の割には良い図書室をしているな」

図書室をぶらりと一回りしたあびすは、つぶやいた。

「それとこれと、何か関係あるかよ」

「ある。図書室の質が、その学校の脳みその出来を教えてくれる。かつて私のいた学校など、偏差値が高いだけの、自習用スペースと参考書ばかりのバカ学校だったぞ」

「湯島を褒《ほ》めるのに他を貶《けな》すなよ」

「べつに褒めたつもりはない」

【人物鑑定】
名前：舞園雷地

レベル：66
属性：聖、雷、魔
クラス：勇者
状態：レベル封印、呪い、自動回復
発動中スキル：【鑑定眼】【聖女の祝福】【鞘《さや》】

【人物鑑定】
名前：黒城あびす
レベル：99
属性：闇、炎、夢、魔
クラス：魔王、黒魔導師、召喚師
状態：魔力防護
発動中スキル：【鑑定眼】【魔力上限開放】【逃走不可】【ダンジョンマスター】【黒の支配者】【鞘】

「……無駄話が過ぎたな」

メラメラと、あびすの周囲の空気が黒く燃え始めた。

現実の炎ではない。

あびすの身体《からだ》から溢《あふ》れ出す【火】魔力と【闇】魔力が混ざり合い、その濃密さゆえに幻覚を引き起こしているのだ。

満月の日の一狼に似た現象だ。

しかし規模が違う。

「なんだ、この魔力……レベル99どころの騒ぎじゃないか……?」

『変身』状態の針乃も、満月の日の一狼も、確かに人間を遥《はる》かに超えていた。

神様みたいに神々《こうごう》しく、また、猛獣のように強かった。

しかし、あくまで生物の範疇《はんちゅう》だ。

目の前の相手から感じるのは、生き物の手を離れた『現象』のような物量差だ。

たとえば、ニュースに一瞬だけ映る、黒煙を上げて燃え盛る大火事の現場映像。

真夏に見上げる太陽。

急行通過の列車が数歩先の空間を横切っていく時の、ゾッとするような馬力。

そういう、生き物の枠《わく》を飛び越えた『力』を前にした時の恐怖を感じた。

「私がコソコソ策を弄《ろう》したのは、ただ九時宮針乃を警戒してのことだけではない。どうしても目立ち過ぎてしまうのだ。一度、本気を出してしまうとな」

あびすは、骨と皮ばかりの細い手をかざした。

「『黒陽《ヴェーネス》』」

その掌《てのひら》から、メラメラと燃え盛る黒炎球が生じた。

あびすの手を離れ、膨脹音《ぼうちょうおん》を響かせながら少しずつ浮上し、雷地たちの頭の上辺りの高さで停止した。

電灯のようだ。

しかし、その熱量と光度は真夏の太陽にも匹敵する。

心なしか、息がしづらい。

「これは……!?」

相手の魔法は、形状・挙動については雷地の『廻雷《コロンブス》』に似ている。

魔力の一部を自分から切り離し、自立運用する魔法だ。

雷地はシンプルに相手を追いかけるミサイルとして運用しているが、『魔王』がそんな単純な魔法を使うだろうか。

「なんだよ、その魔法。フヨフヨさせやがって」

見極めなければ、一発で決着もあり得る。

「ってか、たかが魔法一発に、なんて量の魔力を……」

雷地は、顔に照り付ける熱気に思わず固唾《かたず》を呑《の》んだ。

喉《のど》の奥を通って唾《つば》が身体の中に落ちていく感触が、ひりついた粘膜《ねんまく》を通じて伝わってくる。

喉が、喉が渇《かわ》く……

まるで、真夏の日にジリジリに熱くなったアスファルトの上を歩いているような気分だ。

水が飲みたい。

このままこうしていたら、頭がクラクラしておかしくなりそうだ。

「そうだ……あの時はもっとひどかった」

たしか、【ゆうしゃのつるぎ】の封印を解くために第三の神殿を目指していた時のことだ。

砂の海を渡るため、砂上船《さじょうせん》に乗り込んだ雷地たち。

しかし、魔族の襲撃を受けて船は座礁《ざしょう》してしまったのだ。

昼間は日陰に隠れ、夜は陸路でオアシスを目指してひたすら歩いた。

あの時は危うく干《ひ》からびて……

「はッ⁉」

雷地は、パンと自分の頰《ほお》をはたいた。

(馬鹿ッ！　戦闘中になに思い出してんだ！)

異世界に飛びかけていた意識を現実に呼び戻し、雷地はあびすを睨《にら》みつけた。

幸い、あびすは悠然《ゆうぜん》と雷地を見据えているだけだ。

「どうした、来ないのか？　私が怖いのか？　ん？」

「うるせぇ。こんな暑い中、相手の出方も分からないのに近づけるもんか」

あびすには、斬るだけで相手を支配できる【まおうのつるぎ】がある。

不用意に動くべきじゃない。

砂漠で獲物を待つ砂色蜥蜴《すないろとかげ》のように、消耗《しょうもう》を避け、相手の出方に合わせて動くべきだ。

「そうだ。あの時も、そうだった……」

雷地の脳裏《のうり》に、異世界での冒険が蘇《よみがえ》る。

広大な砂海を越えた果て、大流砂の中心地にそびえる第三の神殿に辿《たど》り着いた時のことだ。

神殿の内部では、雷地たちを殺すべく魔王軍が待ち構えていた。

相手は魔王軍幹部『左腕のギルデンスタン』率《ひき》いる炎術使いの部隊。

灼熱《しゃくねつ》の砂海とは打って変わり、神殿内は湿り気と闇に閉ざされていた。

数で勝る魔王軍は松明《たいまつ》に火を灯して神殿内を探索する中、雷地たちは闇に潜んでチャンスを待ち続けたのだ。

「ちょっと雷地、今、ヘンなところ触ったでしょ」

暗闇の中、二手に分かれて狭い物陰の中に隠れたところで、イーリスが小さく叱《しか》ってきた。

「た、体勢変えようとしただけだし。それに、ヘンなところってどこだよ」

「し、知らないわよ馬鹿……」

結局、あれはイーリスのどこの話だったんだろう。

触れた自覚がなかったから、単純に気になる。

聞けずじまいになってしまった、異世界での心残りの一つだ。


いや、そうじゃなくて。

逆襲の隙《すき》を窺《うかが》っている時のことだ。

暗闇の中で息を潜めている間、イーリスの手が雷地の肩に置かれていた。

その重みを、今でも鮮明に思い出すことができる
「いい、雷地？　ローレンスたちがアイツらの動きを引き付けてくれるはず。たぶんチャンスは数秒。その間に、私たちで必殺の一撃を叩き込むのよ」

「分かってるって。でも、あっちが動くタイミングが分からない」

「待つのよ。砂色蜥蜴は獲物を待って半日以上も砂に紛《まぎ》れて待ち続けるのよ。獲物が目の前を通りかかる一瞬を、気を抜かずに待ち続けるの」

「無理くね？」

「無理でも、やるのよ。一狼ちゃんはきっとアンタを待ってる」

「……？　一狼って？」

「寝ぼけてんじゃないわよ、バカ」

イーリスは雷地の頭を小突いた。

「あだっ」

小突かれた拍子に、雷地の姿勢がわずかにフラついた。

それは偶然だったのか。

それとも雷地の無意識が、自分を守るためにそう仕向けたのか。

体勢を崩した雷地は、あびすの突き出した黒曜石《こくようせき》の刃を躱《かわ》していた。

【まおうのつるぎ】による、必殺の一撃だ。


「ハッ⁉」

雷地の意識を満たしていた『異世界』が立ち消えた。

闇の中に潜む緊迫感も。

肩に置かれたイーリスの手の重みも。

物陰に身を寄せ合っていたぬくもりや息遣いも。

全てが、夢の中の出来事のように消失した。

「なんだ、今のは……⁉」

「ちっ……まだ浅かったか」

あびすが舌打ちし、【つるぎ】の第二撃を構えた。

逃げろ！

雷地の全身がそう叫んだ。

「『雷刻官《バシオ》』！」

雷地は【雷】魔力を全身に走らせ、あびすの間合いから全力で飛びずさった。

「何かされた……？」

おかしい。おかしすぎる。

今、確かに五感が異世界に飛んでいた。

二回も連続で白昼夢《はくちゅうむ》を見るなんて、ありえない。

間違いなくあびすのしわざだ。

何をされた？　どういうロジックの術だ？　きっかけは……？

考えろ。

あびすの【鑑定結果】と、今起きている現象の間に、なんらかの共通点があるはずだ。

「……そうか、【夢《バシオ》】魔法か！」

雷地は『雷刻官』をかけたまま、あびすが呼び出した暗黒太陽『黒陽』の光から逃れるように、本棚《ほんだな》の列の陰に隠れた。

「その太陽のせいだろ⁉　派手な【火】魔力に忍ばせて、俺に【夢】魔法をかけたんだな！」

「くく、正解だ。この『黒陽《ヴエーネス》』は、光を浴びた者を夢に引き込む、夜の太陽だ」

あびすは気のない拍手を雷地に贈った。

「女の名をつぶやいて鼻の下を伸ばしていた割には、正確な分析だ」

「つるせぇ。見破ってやったぞ、テメェの魔法を！」

「問題はない。見破られて困るような術ではないのでな」

あびすの言葉と同時に、暗黒太陽が輝きを増した。

依然として『黒陽《ヴエーネス》』はあびすの頭上に輝き、メラメラと魔力を放っていた。

「この魔法の良いところは、広大な効果範囲とその持続性だ。私の魔力供給が続く限り、この太陽は輝き続ける」

あびすは、低く笑った。

「そして、私の魔力が尽きることは、ない」

あびすは空《あ》いた左手を雷地の隠れている本棚の方に向けた。

「『爆火《アグニム》』」

次の瞬間、
濃密な【火】魔力の奔流《ほんりゅう》があびすの手から放たれ、雷地の周囲を満たした。

「ヤバ……ッ！」

「爆《は》ぜろ」

次の瞬間、並んだ本棚が横一列丸ごと吹き飛んだ。

雷地は『雷刻官《バシオ》』でどうにか難を逃れていたが、そのすさまじい威力に息を呑《の》む。

【火】魔力を前方向に放射し、一斉点火する爆破の魔法。

あまりに単純な魔法であるゆえに、あびすが使えば必殺の一撃となる。

「くくく、上手《うま》く逃げたな……？」

あびすは嗜虐《しぎゃく》的な笑みを浮かべ、左手を横へと滑らせた。

「『爆火《アグニム》』」

あてずっぽうに放たれた爆炎が、雷地のすぐ横の本棚を爆砕《ばくさい》した。

「『爆火《アグニム》』、『爆火《アグニム》』、『爆火《アグニム》』！」

「ッッ！」

本棚の立ち並ぶ森が、手当たり次第に爆破されていく。

アニメや映画で、怪獣になぎ倒されるビルのように本棚が破壊され、炎に包まれる。

「無差別かよ……怪獣めッ」

どうやら、雷地そのものではなく、彼が隠れられる場所を優先的に狙っているようだ。

「クソ、めちゃくちゃだ……！」

どうにかまだ無事な本棚の陰に隠れた雷地は、ゴクリと息を呑む。

まともに受ければ、回復持ちの雷地と言えどただでは済まない。

「クソ、三つも同時に大技使ってんじゃねえぞ……」

魔法使いとしての格が違い過ぎる。

たぶん、雷地とあびすとでは、スマホとゲーミングＰＣぐらいに出力性能に差があるだろう。

「流石《さすが》に、魔王か……」

雷地はあびすの強さを実感するとともに、彼女の弱点も理解した。

あびすは遠距離系の異能者だ。

圧倒的火力と手数で、大勢の敵を相手にしても有利に戦いを進められるだろう。

一方で、接近戦はあまり得意ではないようだ。

半年間寝たきりで衰弱していたというのもあるだろう。

夢に閉じ込められている間に【まおうのつるぎ】にやられなかったのは、どのタイミングで目覚めるか分からない雷地に、ヘタに近づきたくなかったからだろう。

九時宮針乃であれば、全てをかいくぐって速度で瞬殺できる。

あびすが針乃を恐れる気持ちも、よく分かる。

とは言え、雷地に針乃と同じことができるかと言えば、微妙なところだ。

「あの火力の中を、どうやって近づけばいいんだ？」

【火】魔法による火炎放射をかいくぐって近づき、一撃必殺の【まおうのつるぎ】をどうにか無力化しながら、あびすに大打撃を与える。

しかもそれを、照り付ける魔力の中を短時間でこなさなければならない。

『雷墜《ジイガ》』で特攻を仕掛けるか？

『雷刻官《バシオ》』で速度戦に持ち込むか？

『廻雷《コロンブス》』で遠距離戦に応じるか？

「クソ、ダメだ。どうやっても一手たりねえ」

あびすは、一度に三手打てる。

何をするにも、そのどれかによって対処されてしまうだろう。

「何か……何か手はないか？」

相手の裏をかいて、手数の差を覆《くつがえ》せる『何か』……

「イーリス、どう思う？」

思わず口にして、雷地は舌打ちした。

「クソ、まだ完全に【夢】が抜けきってねぇのか。ねぼすけが……」

雷地は、自分に言い聞かせるように、軽く頬《ほお》をはたいた。

気付いたのは、その時だった。

「あっ……？」

ある。

雷地のポケットの中に、魔法でもスキルでもない突破口がある。

「いや……？　でもこれ、相当な賭《か》けだぞ……」

失敗したら、恐らく雷地はあびすの目の前で棒立ちになってしまう。

即・敗北だ。

しかし成功したら、二手分の不利を覆せる可能性がある。

「やるしかねぇ。1分……いや、40秒ってところか」

雷地は覚悟を決めると、秘策を学ランの胸ポケットにしまい込む。

そして、頭の中で数をかぞえはじめた。
1、2、3、4……
「どうした、かくれんぼでもしたいのか？　『爆火《アグニム》』」

雷地のすぐ隣の列の本棚が爆破された。

しかし雷地は息を潜め、チャンスが来るのを待つ。

第三神殿で、奇襲を成功させせた時のように。
9、10、11、12……
雷地は息を潜め、身をかがめながらあびすの動きを観察する。

「それなら私は構わんぞ。私の有利は覆《くつがえ》らないからな」

そう言いながら、さらに端の列の本棚をまとめて爆破した。

あびすが上手いのは、それを十歩近く離れた中距離から行っている点だ。

あびすは危険を冒す必要がない。

隠れられる場所を一つ一つ潰していけば、雷地を『黒陽《ヴエーネス》』の効果範囲内にひきずり出すことができる。

着実に一歩ずつ、堅実に勝利への駒《こま》を進めている。

雷地の予想通り、かつ最もされたくない一手だった。

「認めるよ、黒城。お前は強い。『力』だけじゃない、今まで戦ってきた奴らの中でもかなりの勝負強さだ。そのせいで、とんだ賭けをしなくちゃならなくなった」

一狼と本気で戦った時と同じだ。

雷地の身体《からだ》を満たしていたのは恐怖や敵意ではなく、今ここにこうしていられる喜びだった。
21、22、23、24……
脳内のカウントが『40秒』のおよそ半分に達したタイミングで、雷地は覚悟を決めた。

「今だ！」

『雷刻官《バシオ》』を発動し、雷地は本棚の陰から『黒陽《ヴェーネス》』の下へ飛び出した。

#17『勇者失格』

「いま話したのが、ボクの知る限りの雷地の戦闘性能だよ、『あびす様』」

六月五日（土）、湯島学園中等校舎でのことだ。

【黒の支配者】で山神一狼を支配下に置いたあびすは、その場で次の獲物である雷地の情報を一狼から聞き出していた。

一狼は逆らうことができなかった。

というより、逆らう発想すらできなくなっていた。

「雷地はすごいんだよ、『あびす様』。彼と戦っていると、本当に楽しいんだ」

【六衛流《ろくえりゅう》】道場での戦いや、雷地との修行の進捗《しんちょく》など、一狼はすべてを話した。

学校でその日にあった出来事を、母親に話す小学生かのように。

「ふむ。やはり【ゆうしゃのつるぎ】がこわいな……特に、突撃技『雷墜《ジイガ》』が脅威《きょうい》だ。一撃で全てを刈り取られるかもしれん」

あびすは、笑みを浮かべた。

「だが、大した問題ではない。人質を取って立ち回れば、完封できる。なんなら、弱った私一人でも楽に落とせるだろう」

『勇者』程度の存在は、異世界時代に何人も倒してきている。

あびすには絶対の自信があった。

しかし。

「一対一《タイマン》で勝つのは、難しいと思うよ」

一狼が口を挟んだ。

「なに？」

「『あびす様』みたいな自信満々タイプが、一番雷地に弱いと思う。素直にボクらを人質にして賢明に立ち回った方がいいよ」

「なんだと……ッ！」

【黒の支配者】の支配は完璧《かんぺき》だった。

つまり、一狼はあびすへの反抗心からではなく、本心からそう言ったのだ。

「雨が降るから傘を持っていった方がいいよ」と声をかけるような、気遣いの言葉だったのだ。

「く、ククク……面白いではないか」

『一対一《タイマン》で勝つのは、難しいと思うよ』

あびすが雷地の決闘を受けた理由の一つであった。


そして、今。

湯島学園・図書室の【裏】にて。

黒城あびすは舞薗雷地を追い詰めつつあった。

「やはり賭けに出たな、勇者め」

あびすは、雷地が本棚《ほんだな》の陰から飛び出すタイミングをほぼ読みきっていた。

現在、あびすは図書室に川の字に並んだ本棚の列を、離れた場所から順に爆破している。

舞薗雷地の隠れられる場所を減らしていくことが、『黒陽《ヴェーネス》』のアドバンテージを活《い》かす上でもっとも有効な手だからだ。

本棚を全て破壊されれば、雷地は逃げる場所を失い【夢】の世界の虜《とりこ》となる。

そうなれば、後は好きに料理すればいい。

雷地もそれが分かっているだろう。

だから勝負に出たのだ。


「しかし、まだ【ゆうしゃのつるぎ】を抜いていないのか」

あびすが一番警戒していたのは、【ゆうしゃのつるぎ】を用いた突撃技『雷墜《ジイガ》』だ。

雷のような速度で突っ込み、全てを貫く。

あの九時宮針乃をすら対処で手いっぱいにさせたという奥義だ。

「なぜ【つるぎ】ではなく『雷刻官《バシオ》』なのだ？　私と格闘戦でもする気か？」

どうにも回りくどい気がする。

『黒陽《ヴェーネス》』の効果範囲内では、致命的な回りくどさだ。

「……何か企《たくら》んでいるな」

そこまでは、一狼の情報から織り込み済みだ。

あびすは口の端を曲げてニヤリと笑みを浮かべた。

「『爆火《アグニム》』」

あびすは大きな団扇《うちわ》であおぐように左手を払った。

オレンジ色に明滅する【火】魔力が、前方広範囲を覆《おお》った。

「吹き飛べ」

次の瞬間には、あびすを中心に扇状《おうぎ》に爆炎が広がった。

さっきまでは縦に伸ばしていた爆破を、広域に割り振ったのだ。

「ちっ」

雷地が爆炎に包まれたのを目視しながらも、あびすは舌打ちした。

爆発に手ごたえがなかった。

木製の床を蹴《け》る「たったった」という靴音《くつおと》が、あびすの斜め後ろから聞こえた。

「九時宮針乃と言い、山神一狼と言い……東京の異能者はどうしてこうも速いのだ⁉」

あびすは振り返りざまに【まおうのつるぎ】で後方の空間を切りつけた。

しかし、金属質の感触と共に、【つるぎ】は受け止められた。

「抜剣【ゆうしゃのつるぎ】」

雷地は抜き放った【ゆうしゃのつるぎ】で【まおうのつるぎ】を受けた。

瞬間、雷地からあびすへ、膨大《ぼうだい》な量の【雷】魔力が通電した。

「ぬぅッ⁉」

これが、【雷】魔力か。

痛い。

魔力が通る神経回路を『雷』がさかのぼり、ショートさせているのを感じる。

魔力の使い手にとって、これは致命的だ。

一度身体に入れてしまえば、全てが機能不全を起こし、鈍る。

まるで、コンピュータ・ウィルスのような……

「剣術はからっきしだな、黒城（俺もだけど）」

気付いた時には、あびすは【まおうのつるぎ】を弾き飛ばされていた。

黒曜石《こくようせき》の刃が、乾いた音を立てて床を滑る。

「終わりだ」

雷地はあびすに向けて【ゆうしゃのつるぎ】を振りかぶった。

「……ッ！」

濃密な【雷】魔力の塊《かたまり》が、あびすの頭上で渦巻《うずま》いている。

まるで、雷雲そのものだ。

ゴロゴロと音を立て、今にも炸裂《さくれつ》しそうな雷雲だ。

「大した魔力だ。いかに私でも、それを喰らえば終わる……」

しかし、あびすは防御も回避もしなかった。

「貴様にその気があるなら、な」

【雷】は落ちてこなかった。

できなかったのだ。

「イーリス……」

雷地の目が、あびすを見ているようで見ていなかった。

トロリと焦点がぼやけ、この世とは違うどこかを見始めていた。

「くくく、間一髪《かんいっぱつ》、か」

あびすは笑みを浮かべたままだった。

「あと一秒か、二秒。早ければやられていたな」

あびすの反撃は、すべて時間稼《かせ》ぎのためのものだった。

『黒陽《ヴェーネス》』の効果範囲内に少しでも足止めすれば、数秒で雷地の意識を奪うことができる。

雷地は、間に合わなかったのだ。

31、32、33……

「がっかりだぞ、勇者。もう少し頭の回る奴だと思っていたが……」

あびすの声は、雷地には届いていない。

「だめだ、イーリス」

その手から【ゆうしゃのつるぎ】が零《こぼ》れ落ち、足元に突き立った。

バチッと、渦巻いていた【雷】が力なく散った。

雷地の目に、うっすらと涙が浮かんでいる。

「俺のことはいい。ローレンスを……ローレンスが、俺を庇《かば》って……」

「哀れだな。さっきから異世界のことばかりじゃないか、貴様の夢は」

あびすもまた、雷地を見ていなかった。

取り落とした【まおうのつるぎ】を目で探していた。

思ったより近い場所で椅子《いす》に当たり、地面に転がっていた。

「今、楽にしてやる。これからは、もう戻れない異世界ではなく、ただ私に尽くすことだけを考えればいい」

34、35、36……

『黒陽《ヴェーネス》』がもたらす『夢』の深さは、光に曝《さら》された時間の総量で決まる。

最初はささやかな夢だったものが、少しずつ重く苦しい悪夢へと変貌《へんぼう》していく。

勇者とは言え、次に目覚めるまでには、きっかけなしでは数十秒はかかるだろう。

「だが、私は油断しない」

あびすは【まおうのつるぎ】を手早く拾うと、黒曜石の刃を雷地に向けて振り上げた。

「さあ、私のものになれ」

あびすは迷わず雷地に向けて【つるぎ】を振り下ろそうとした。

その意志は固かった。

たとえ何があろうと、斬る。

そのつもりだった。


……39、40。

【つるぎ】を振り下ろそうとしていたあびすの身体《からだ》が、硬直した。

ぴぴぴぴ、ぴぴぴぴ、ぴぴぴぴぴぴぴ！


雷地の胸ポケットから、けたたましい電子音が鳴り響いた。

「スマホのアラーム……!?」

なぜ、こんなものがいま鳴った？

偶然……いや、そんなはずは。

あびすの反射神経が、一瞬だけ自身の動きを停止させた。

次の瞬間、あびすは理解した。

どうして雷地は『雷墜《ジイガ》』ではなく『雷刻官《バシオ》』を選んだのか。

「まさか……ッ！」

すべては、この一瞬。

あびすの至近距離で『黒陽《ヴェーネス》』から目覚める、この状況を作るためだったのだ。


一説によれば、人の意識にもっとも深く届く感覚は、聴覚であるという。

軍学校などで訓練された人間は、どれだけ熟睡していても起床ラッパの音ですぐに目覚めることができる。

また、人が死を迎える時、最後まで残っている感覚も、やはり聴覚だと言われている。

雷地の目があびすを見据えていた。

「『雷刻官《バシオ》』」

雷地は、【つるぎ】を振り上げたままだったあびすの手首を、握りしめていた。

「時間ピッタリ。程よく余裕こいてくれたな、黒城」

「しまった……ッ！」

電撃が、あびすの手首の神経をショートさせた。

さらに、雷地は摑《つか》んだ手首をあびすの背後へと回し、関節を押さえた。

「グぁッ！」

再び、一撃必殺の【まおうのつるぎ】があびすの手を離れた。

「これが【六衛流】だ。一本もらったぜ、黒城」

雷地はそのまま、あびすの首に手を回し、『経絡』を押さえ込んだ。

「ぐっ……魔力が、練《ね》れん……ッ！」

「決闘までの数日間で、九時宮センパイにたっぷり仕込んでもらったからな」

頭上に浮かぶ『黒陽《ヴエーネス》』も、あびすからの魔力供給を失って輝きを弱めていた。

この状態では、雷地の意識を奪うことは望めない。

「悪いが、このまま締め落とさせてもらう」

「ぐッ……」

あびすはもがいたが、雷地の拘束《こうそく》は堅かった。

そもそも、半年間寝たきりだった少女が、同い年の男子に敵《かな》うはずもない。

切り札である『魔力』も【つるぎ】も、あびすの手から離れている。

『一対一《タイマン》で勝つのは、難しいと思うよ』

一狼の言葉が、あびすの脳内を反響していた。

「……」

認めざるを得ない。

雷地は強い。

【鑑定眼】に映らない、勝負強さのようなものを持っている。

本棚《ほんだな》で隠れている間にアラームのタイマーをセットし、攻撃を潜り抜けながら接近。

あえて『黒陽《ヴェーネス》』の世界に囚われ、アラームで脱出する。

不確定要素だらけの賭《か》けだ。

一秒早くても一秒遅くても、ここまでの効果は出せなかっただろう。

しかし雷地はそれを実行し、成功させたのだ。

「ククク……」

あびすは、圧迫された気道から笑みを漏《も》らした。

「何がおかしい」

「なに、貴様を痛めつける算段をしていたまでだ」

それは、あびすの強がりではなかった。

この状況から、雷地に勝つのは難しい。

一狼の言う通りだ。

しかし、引き分け以上に持ち込むのなら不可能ではない。

あびすの頭上には、まだ切り札が残っていた。

「一狼から聞いているぞ。『既に使った魔法でなら対処できる』とな……っ！」

「なにっ？」

あびすは、頭上の暗黒太陽に命じた。

「『黒陽《ヴェーネス》』！　私ごとで構わん。残存魔力全てを解き放ち、自爆しろ！」

「なッ――」

あびすの言葉に従い、二人の頭上に浮かぶ暗黒太陽が収縮した。

魔法を構成していた回路が消滅し、ただのエネルギーの塊《かたまり》へとほどけていくのだ。

それは、太陽などの恒星《こうせい》が死の直前に見せるパターンによく似ている。

その後に起こるのは、核融合を伴《ともな》う超新星爆発だ。

「油断したな、バカめ！」

一瞬硬直した雷地の拘束から、あびすは脱出した。

しかし、逃げはしなかった。

走って逃げたところで、数秒後の爆発から逃れることはできない。

それよりも、もっと確実な回避方法がある。

雷地を盾にすることだ。

あびすは雷地の学ランの裾《すそ》を掴《つか》むべく、手を伸ばした。

雷地は魔力を用いて全力で身体をガードするだろう。

その陰に隠れていれば、爆発の威力は半減だ。

この一手で勝つことはできないかもしれないが、限りなく痛み分けに近い状態に持ち込むことができる。

「勝つのは、私だ……ッ！」

あびすが宣言した、その時だった。

あびすの目の前に、床があった。
手は雷地に届いていない。
勢いよく床を蹴《け》ったはずの足は、片膝を床に強打して痛んでいる。
「は……？　私は、転んだのか？」
あびすの思考が停止した。
私は……何を、している？
立ち上がろうとしたが、膝が動かない。
半年間寝たきりだった反動か。それとも電撃を受けた影響か。
どっちでもいい。
ただ、あびすは無防備な状態で、自爆を命じた『黒陽《ヴェーネス》』の下にいる。
それだけが事実だ。
「待て……とまれ……ッ！」
あびすは命じた。
しかし、『黒陽《ヴェーネス》』は、握りこぶし大にまで収縮していた。
既に『あびすの命令を聞く』という機能を失っている。
「とまれ、とまれと言っている……っ！」
ダメだ。
自爆は止められない。

逃げることもできない。

盾にできるものも、ない。

「く、くくく……」

あびすはがっくりと肩を落とし、力なく笑った。

「これが……人を巻き込んで好き放題した、末路か」

「黒城っ！」

雷地の声が聞こえた次の瞬間、『黒陽《ヴェーネス》』が爆《は》ぜた。

【火】と【闇】の魔力が、二人ごと図書室を吹き飛ばした。

◆

「ぐっ……」

爆発から、どれだけの時間が経っただろう。

そんなに長くはないように思う。

長くて数十秒といったところだろうか。

キーンと、甲高《かんだか》い耳鳴りが聞こえていた。

鼓膜《こまく》は破れていないようだが、身体《からだ》のあちこちにガタがきている。

あびすは辛《かろ》うじて起き上がると、ぼやけた視界で辺りを見回した。

図書室は完全に廃墟と化していた。

本棚は崩れ、窓は割れ、天井は装材が剝《は》がれてコンクリートが剝《む》き出しになっていた。

辺りには本が散らばり、爆発の余波を受けて引き裂かれたり、チリチリと燻《くすぶ》ったりしている。

「痛……っ」

自らの魔力に焼かれ、あびすの全身は激痛に苛《さいな》まれていた。

しかし、あびすの頭を満たしていたのは、苦痛とは別の感情だ。

「どうして、私は無事なのだ？」

受けたダメージが予想よりも少ない。

無防備な状態で直撃を受けたにしては、少なすぎる。

計算が合わないことに、あびすは困惑していた。

「いったい、何が？」

「うぅ……」

背後から聞こえた声に、あびすは振り返った。

「勇者、貴様……ッ」

雷地が、荒廃した床に力なく転がっていた。

全身に【火】魔力を浴び、全身からしゅーしゅーと音を立てている。

「やはり、おかしい……」

本来なら、あびすがこうなっているはずだったのだ。

なぜ、舞薗雷地だけがこんなことになっているのだろう。

『雷刻官《バシオ》』で遠くに逃れることも。

『魔力』を纏《まと》うことで身を守ることもできたはずだ。

なのに、どうして爆心地に近い場所で、ほぼ無防備のまま倒れている？

「……まさか」

あびすは、一つの可能性に思い至った。

ありえない。

そう思ったが、それ以外の可能性を思いつかなかった。

「貴様……まさか、私を庇《かば》ったのか？」

『雷刻官《バシオ》』のスピードに魔力を全振りし、あびすの前に割って入ったのか。

もしそうだとすれば、この状況に説明がつく。

「なぜだ！　貴様の勝ちだったのに、どうして……」

あびすはたずねたが、雷地は答えない。

既に気を失っていた。


【あなたは対戦に勝利しました】

現在のランクは【査定中】です

決着を告げる無機質なアナウンスが、あびすの脳内に響いた。

#18『呪い』

「どうして、私を爆発から庇った?」

もし、あびすの言葉が雷地に届いていたら、彼はどう答えていただろう?


正直、雷地にもよく分からなかった。

気付いた時には『雷刻官《バシオ》』を発動し、あびすを庇っていた。

理由はない。

ただ「危ない」と思ったからそうしたまでだ。


しかし、庇ってよかったとは思う。

異世界では、庇われてばかりだったからだ。

異世界に行った当初から【ゆうしゃのつるぎ】や【雷】を使いこなしていたわけではない。

弱かった。

能力的にも、立場的にも、人間的にも。

そんな雷地を、多くの人間が庇ってくれた。

ほとんどの場合は『魔王』を倒すための『勇者』として。

時にはただの『子供』として。

最後の方は『仲間』として。

命を懸《か》けて、庇ってくれた……


「う、んん……」

雷地は、ベッドの中で目覚めた。

熟睡のためではない、やや固いベッドの上だ。

「ここは……？」

「湯島の保健室だ。【表】のな」

ベッドの脇に座っていたあびすが、雷地の顔を覗《のぞ》き込みながら答えた。

「黒城……っ！」

雷地は身体を動かそうとした。

しかし、動かない。

代わりに、全身に激痛が走った。

「ぐァ……ッ」

うめく雷地を見下ろし、あびすは吐き捨てるように言った。

「安心しろ。勝負は貴様の勝ちだ」

「あ……？」

「『あれ』を自分の勝ちだと思うほど、私は落ちぶれてはいない。既に、『手駒《てごま》』への解除命令は通話を通じて出した。今頃、山神一狼も目を覚ましている頃だろう」

「そうか……」

雷地はホッと一息を吐いた。

「ずいぶんと、潔《いさぎよ》いな」

「べつに。自分のしていることが馬鹿らしくなっただけだ」

あびすはやはり、吐き捨てるように言った。

「舞薗雷地、貴様、九時宮針乃と『契約』をしたな？」

「……センパイから聞いたのか？」

「ああ。この決闘、勝っても負けても、貴様は私と運命を共にすることになっていた。負けた時は言わずもがな。勝った時も、私がこれ以上悪事を働かないことを保証し、もし何か起きた際には私と共に『消去』される。その条件で、この決闘を取りつけたのだろう？」

「……『そのことを教えない』って条件も、入れとけばよかったな」

「気取るな」

あびすは苦々しげに言った。

「なぜ、そこまでする」

「それは……俺が、そうやって人に助けられたから」

「くだらん。そんなことで私が改心するとでも、思ったか」

「……してるじゃん」

「うるさい！　こんなのは、ただの気まぐれだ」

「それでいいさ…………ぐっ⁉」

雷地は、苦痛にうめき、身体をくの字に曲げた。

苦しい。

体内を棘《とげ》の生《は》えた蛇が暴れまわっているかのような、異物感と激痛が身体を満たしている。

「あれ、おかしいな……いつもだったら、もう自動回復が効いてくるんだけどな……」

「……そのことで、話がある」

あびすは告げた。

「貴様が弱った隙《すき》を衝《つ》いて、今、貴様の中で『呪い』が暴れまわっている。あわよくば貴様を取り殺し、身体の支配権を奪おうとしているようだ」

「の、呪い⁉」

「私がかけたのではないぞ。この国の誰かでもない。異世界の気配がする」

「な……ッ」

「私なら解呪《かいじゅ》できる。ただ、その……」

あびすは、口ごもった。

「手順がある。了承なしでするものでもないから、貴様が起きるのを待っていた。そのために、人払いもしたのだ」

あびすは小さく咳払《せきばら》いすると、雷地の目を見た。

「貴様が望むなら、『する』。いいか」

「ああ、そりゃあ助かるけど……」

「ならさっさと始めるぞ」

あびすは靴《くつ》を脱いで、ベッドに上がった。

そして、動けないでいる雷地の身体の上に馬乗りになった。

「な、何を……⁉」

「『手順』だ。目をつぶっていろ」

「いや、でも……」

「目をつぶれ。開けたらコロす」

「あ、ああ」

どうせ身体が動かないので、抵抗もできない。

雷地は歯医者の治療台に乗った患者のように、目を閉じた。

「口を開けろ。馬鹿、開け過ぎだ。私を歯医者だとでも思っているのか」

あびすの声が、だんだん近づいてくる。

雷地の上に乗ったまま、こちらに身体を傾けてきているらしい。

「いくぞ」

雷地の口に、何かが入り込んできた。

「うぇっ⁉」

生温かい、湿ったものだ。

思わず逃れようとした雷地の頭を、あびすの手が押さえつけた。

「あふぁれるな（暴れるな）」

その声は、雷地のすぐそばで聞こえた。

鼻と鼻がぶつかるようなすぐ近く。

というか、当たっている。

まさか、今のは、あびすの……？

「まっ……⁉　おまへ、はひほ（お前、何を）⁉」

間違いない、今のはあびすの舌だ。

雷地はあびすに唇を奪われている。

「すぐに済む、じっとしていろ」

再び、雷地の口内にあびすの舌が抉《えぐ》りこむ。

縮こまっている雷地の舌を削《けず》るように、熱い塊《かたまり》がザラザラとこすりつけられる。

吸われている？

喰われている？

刻まれている？

雷地には、何がなんだか分からなかった。

「ふふぁふぁへは（捕まえた）」

あびすはつぶやくと、雷地の口から舌を引き抜いた。

そして、「ガリッ」と自分の口の中で何かを嚙《か》み潰した。

「ぎゅぴッ!?」

あびすの口の中で、醜《みにく》い悲鳴のような金切《かなき》り声《ごえ》が響いた。

「な、何を……!?」

「もう、目を開いていいぞ」

雷地が目を開くと、あびすの口からよだれが垂れているのが見えた。

雷地の唇との間に、細い糸がひいている。

やはり、今のはあびすと……

「見ろ」

あびすは、口の中からボールペンぐらいの大きさの、毛むくじゃらの物体をつまみ上げた。

あびすに嚙み砕《くだ》かれて原形をとどめていなかったが、生き物のように見える。

「虫？　いや、哺乳類《ほにゅうるい》系の赤ん坊みたいな……」

【魔物鑑定】
名前：エンプーサ
レベル：66

属性：夢、闇
クラス：夢魔、魔王の使い魔
発動中スキル：【寄生】、【吸精《きゅうせい》】、【精神汚染】

「貴様の体内に巣くっていた魔物だ。貴様の『力』を吸って、ありえんレベルに成長していた」

「こ、これが俺の中に……？」

「さしずめ、貴様が戦った方の『魔王』の仕業《しわざ》だろう」

あびすは、【火】魔力を纏《まと》った手で、夢魔を握り潰した。

「ギュピィイイイイッ！」

この世のものとは思えない断末魔《だんまつま》の叫びが響いた。

「ふん、卑《いや》しい使い魔が。我が魔力に焼かれること、光栄に思うがいい」

あびすが手を開くと、後には真っ黒の炭だけが残されていた。

手を払うと、ボロボロと崩れて空気に溶けていった。

「とまあ、こんなところだ。楽になったか？」

「あ、ああ……なんだか、頭のおもりが取れたような気分だ」

唇を奪われたことで頭がいっぱいだったが、たしかに楽になった。

あれだけの負傷をした後だというのに、むしろ以前よりも身体《からだ》が軽い。

「あんな寄生虫を体内に飼っていたら、ロクに夜も眠れなかったんじゃないか？」

「あ……っ」

「図星か。まさか、こんな状態の男に負けるとは。私も落ちたものだな。だが……」

あびすは、ニヤリと笑った。

「少しだけ、溜飲《りゅういん》が下がったぞ。くくく……」


「あーっ⁉」


保健室の入り口の方から、声がした。

「な、なななな⁉　何をしてるんだキミたち⁉」

一狼が、わなわなと震えていた。

病院から真っすぐ駆けつけてきてくれたのだろう。

となりには、針乃がニコニコと付き添っていた。

「あびすちゃん⁉　ボクの雷地に、何を……⁉」

「ただの治療行為だ。粘膜《ねんまく》接触により魔力の親和性を高め、呪いを引き抜いたまでのことだ。人工呼吸とそう変わらん」

あびすは、ぺろりと紋章の刻まれた舌を出した。

「まあ、舞薗雷地の『初めて』は私のものということだ。残念だったな」

「ぐ、ぐあぁッ！」

　一狼は、目覚めたばかりだというのに頭を抱えて苦しんでいる。

「の、脳が壊れる……ボクの雷地なのに……ッ」

「いや、お前のってワケでもないし……」

　雷地の声は、一狼には聞こえていないようだった。

「そうだよ、一ッちゃん。落ち着いて」

　となりで静かにしていた針乃が、口を挟んだ。

「舞薗くんの『初めて』は、あびすちゃんじゃなくて私だよ？」

「「え？」」

　一狼とあびすが、硬直した。

　雷地も固まっていた。

「セ、センパイ……それ、いま言う意味ありました？」

　雷地の言葉が追い打ちとなった。

　一狼とあびすは、信じられない物を見るような目で二人を見た。

「ちょっと待て。どういう関係なんだ貴様ら」

「どういうことだい、雷地……!?」

「いや、その、それは……」

　これが平和を勝ち取った『勇者』の結末だろうか……？

そんなことを思いながら、雷地は一狼に関節を極《き》められて、生まれてから今までの異性関連の経験全てを洗いざらい白状した。

流石《さすが》の異世界勇者も、拷問《ごうもん》を受けるのは初めてであった。

#EX『つよくてニューゲーム』

私立湯島学園、高等部校舎図書室にはやわらかな静寂が満ちていた。

朝早くからこんな場所を訪れる生徒はいない。

というか、そもそも鍵《かぎ》が開いていない。

しかしそんなことは一切関係なく、彼女はそこに立っていた。

「……うん、【裏】の影響は【表】に出てないみたいだね」

十数日前、この場所の【裏】で異世界帰還者同士の決闘が行われた。

その見届け人、九時宮針乃は本棚《ほんだな》からはみ出した本をそっと奥に押し込む。

カーテンが閉まっているため、図書室内は薄暗い。

かすかに隙間《すきま》から差し込む光が、チラチラと机の足を照らしていた。

「流石は本場、京都仕込みの結界術。突貫《とっかん》工事でもすさまじい耐久精度。これなら、私が本気出しても壊れないかもね」

つぶやきながら、針乃は静かな部屋の中に靴音《くつおと》を響かせる。

こつん、こつん、こつん……

不意に、その足が止まった。

「何かご用でしたら、どうぞ」

誰もいないはずの空間に、針乃はたずねた。

「……なぜ分かった」

針乃から見て死角に位置する、本棚の向こう側から声が返ってきた。

男性の声だ。

若くも聞こえるし、年老いているようにも聞こえる。

声から年齢が推定できないのは、感情や抑揚《よくよう》が乗っていないからだ。

まるで機械が喋《しゃべ》っているかのようだ。

「気配その他、あらゆる痕跡は消してたつもりだったんだがな」

声に対し、針乃は微笑《ほほえ》んだ。

「あはは、鎌をかけてみただけですよ。学園内で『監視対象』があれだけの事件を起こしたんですから、〝そちら〟が黙ってるはずもないかなって」

「ちっ、末恐ろしい奴だ。俺の代の魔法少女連中は、もう少し可愛《かわい》げがあったぞ」

「誉《ほ》め言葉として受け取っておきます」

針乃は本棚の向こうの人物にたずねる。

「で、何かご用ですか？　朝の時間帯は『本業』がお忙しいでしょうに」

「黒城あびすの件について、二つほど確認しておきたくてな」

「なんでしょう？」

「山神一狼の命運をなぜ舞薗に託した？　お前の人脈なら、山神の『昏睡《こんすい》』を解除するぐらい、どうとでもできただろう」

「……ああ、気付いてましたか」

「当たり前だ。東京にだって解呪《かいじゅ》の専門家はいる。山神家のツテで西に応援を頼んだっていい。山茶花が黒城あびすの身柄を押さえた時点で、この一件は終わっていたはずだ」

「かもしれませんね」

「だったら、なぜあんな決闘を容認した？」

「もう一つの確認事項を、先に聞いても？」

「……黒城あびすの動向についてだ」

声はたずねる。

「舞薗雷地に勝利した後、黒城あびすはどうしてあっさりと引き下がった？　あれはいったいどういうカラクリだ？」

「べつにカラクリなんかじゃありませんよ。ただ、あびすちゃんが本当に求めていた物が見つかったから、あの子は止まったんですすよ」

「本当に求めていた物？」

「そうです」

針乃は、微笑みと共にうなずいた。

「あびすちゃんは、誰かに庇《かば》ってほしかっただけなんですよ」

「なに？」

「自動車事故に巻き込まれた時も、異世界で殺し合いをしていた時も、私たち魔法少女に牙を剝《む》いた時も……立場とか利害関係じゃなくて、ただ自分のために身をなげうってくれる誰かが欲しかった。心の奥底では、ただそれだけのために戦っていたんですよ」

「他者を手駒《てごま》にするチートスキルの使い手が、か？　なかなか屈折したヤツだな」

「ふふ、そういうところがカワイイんじゃありませんか」

針乃は微笑を浮かべながら付け加えた。

「あびすちゃんはもう大丈夫ですよ。舞薗くんがいてくれる限り、あの子が反旗を翻《ひるがえ》す心配はありません」

「こうなることを読んでいたのか」

「いくら私でもそこまでは分かりませんよ。ただ、みんなが仲良しになれる可能性があるなら、そちらに賭《か》けた方が楽しいでしょう？」

「……らしくないな。同い年だろうが山ほど〝消して〟きたヤツの言葉とは思えん」

「中学時代とは考えを変えたんですよ。大事なのは、『心』。あなたと同じです」

「なに？」

「ほら、忍者の『忍』は、『刃』の下に『心』と書くじゃありませんか」

「ハッ！　くだらん文字遊びだ」

本棚の向こうの人物は、かすかに感情を含んだ声で笑った。

「まあいい、今回の件については一応納得したってことにしといてやる。引き続き異世界連中の手綱《たづな》はしっかり握っておけよ」

「もちろんです。ご指導ありがとうございます、『先生』」

「ふん……」

針乃が軽く会釈《えしゃく》をすると、図書室の扉がガチャリと音を立てた。

扉が開いた音ではなく、閉じた音だった。

本棚の向こうには、もう誰もいなかった。


「あら、術の気配もないのに、すごい速さ」

針乃はつぶやくと、カーテンを少しだけ開いた。

もう登校時刻だ。

神田川《かんだがわ》沿い、昌平坂《しょうへいざか》を上がってくる生徒たちを眺める。

その中に見知った顔を二つ見つけ、針乃は顔を綻《ほころ》ばせた。

「ふふ、やっぱり仲良しが一番だよね」

針乃は楽しげにつぶやくと、カーテンを閉じて図書室を後にした。

「はぁ……まさかボクの雷地が、初恋をズルズル引きずってるくせに女の子たちにチューされたぐらいでデレデレしちゃうような半端者《はんぱもの》だったとはね」

「……それ、まだ根に持ってるのかよ」

「知らないのかい？　狼は嫉妬《しっと》深いんだよ」

通学路でばったり会った雷地と一狼は、ダラダラと喋りながら坂を上っていた。

「あの時はびっくりしたなぁ。ボクの雷地なのに、あびすちゃんどころか針ちゃんにまで唾《つば》を付けられていたなんてね。胸が張り裂けそうだったよ」

「わ、悪かったって」

「許す。だって、ボクを起こすために戦ってくれたんだもんね。それに……」

「それに？」

「それにさ、手に入りにくいものほど欲しくなるのが、獣の性《さが》ってヤツだよ、雷地。その意味で、今のキミはますますエロくなった」

一狼は、言っている内容の割には爽《さわ》やかな笑顔で言った。

「予告するよ、雷地。キミのことは、最高のシチュエーションでいただくとするよ。ボク以外のことなんて、考えられなくさせてあげる」

「犯行予告かよ。こえーな」

「それでいい。狼は恐れられる存在であるべきだ」

一狼は爽やかな足取りで二組の教室へと消えていった。

例の一件から、『王子』としてなぜか女子人気がさらに高まっているらしい。

どういうことなのか。

もっとこう、雷地に対して嫉妬とか嫌がらせがあるのならまだ分かるが……

どうにも奇妙に思いながら、雷地も自分の席についた。

「ふー……やれやれだ」


またこれで、しばらくは普通の日々が続くだろう。

とは言え、今は新しい目標もある。

一狼と修行をして腕を磨《みが》き、【裏門《うらもん》】のランクを上げて針乃に挑む。

期限は針乃が湯島学園を卒業する来年の三月まで。

それに、もちろん勉強だって忘れちゃいない。

来週には中間テストだ。

追いついていない中学分の勉強をこなしつつ、授業にも食らいついていかなければならない。

普通に考えて、やることが多い。

普通って、こんなに大変だったっけ……？


しかも、だ。


「突然だが、今日からウチのクラスに転校生が来ることになった」

先生の言葉に、教室がざわめく。

その中で雷地だけが唯一、転校生の正体を理解していた。

（九時宮センパイ……転校のタイミングぐらい、教えてくれよなぁ）

「さあどうぞ入って、黒城さん」

「うむ、ごくろう」

教室が一際《ひときわ》大きくざわめいた。

雷地も心がざわついた。

（アイツ、いま先生になんて返事した……？）

教室に入ってきたのは、男子も女子もハッとするような美少女だった。

姫カットの黒髪はそのままに。

しかし、歩くたびに揺れる髪のインナーは鮮血のような赤に染まっている。

美容院？　それとも、あびすのことだから自分で染めたのだろうか。

いや、有り余る魔力が彼女の身体《からだ》に変化をもたらしたのだろう。

雷地の前髪がそうであったように。

「ごきげんよう、諸君」

黒板の前に仁王《におう》立《だ》ちし、あびすはクラスを睥睨《へいげい》した。

「第六次マダラメイア魔神軍元帥《げんすい》・黒城あびす。いわゆる『魔王』である。訳あってこの学園に籍を置くことになったが、貴様ら凡人《ぼんじん》と必要以上に慣れ合うつもりはない」

「……」

「……？」

「どゆこと？」

「ちょっと、変わった子なのかな」

「中二病？」

「逆にかっこいいな」

クラスが転校生を理解しようとしている中、雷地だけは顔を真っ青にしていた。

（や、やりやがったな！　あのバカ……っ！）

あびすは、そんな雷地を見てニヤリと笑った。

してやったりと言わんばかりの顔だ。

「用がある時は、そこにいる我が保証人、舞薗電池を通せ。以上だ」

「……ッ！　滅茶苦茶《めちゃくちゃ》言ってんじゃねぇ！　それになぁ……っ」

思わず席を立った雷地の頭上で、雷光が小さくスパークした。

「俺の名前は『電池《でんち》』じゃなくて……ッ！」


元『異世界勇者』、十六歳の舞薗雷地には悩みが三つある。

一つめ。彼の名は「らいち」なのに、初対面の相手から高確率で「でんち」と呼ばれること。

二つめ。暗記系の科目が極端に苦手であること。

三つめ。『異世界魔王』黒城あびすの保証人になってしまったこと。

あとがき

あ、どうもこっちです。
どうぞどうぞ、席を取ってありますから、こちらにおかけください。
いやあ、混んでますね。流石《さすが》は土日の東京ドームシティ。
わざわざ足を運んでいただく形になっちゃって申し訳ないです。
こほん、んんっ……

改めまして、こんにちは。
『東京ＬＶ99』（略して『東９《トウーナイン》』）作者の節兌見一《せつだけんいち》です。
この度《たび》は本作をお手に取っていただき、まことにありがとうございます。
いやーまさか『東９』が賞を獲って、しかもこうして本になってしまうだなんて。
人生、なにが起こるか分からないもんですね。
え？
「本を出したいから小説賞に応募したんじゃないの？」ですって？

うーん……確かにそれはそうなんですけど。

実は、この小説を書き始めたのって、かなり衝動的な理由からだったんですよ。

そもそも『東9』が入選した『集英社ライトノベル新人賞【IP小説部門】』では小説の最初の40ページだけが審査対象だったんです。

マンガだったら短めの読み切り、映画だったら最初の10分ちょっとぐらいの長さです。

（ちなみに、投稿した際には本編#2までに相当する部分を送りました）

しかも、そこで話がまとまってなくてもいいっていう規定だったんですよね。

それぐらいの分量だったら、当時のモチベーションでも書けちゃうぞって思ったんです。

というのも、応募した当時は死ぬほど凹《へこ》んでいたんです。

頑張って書いた同人誌の反応が想定していたものと違って。

しかも、レビューがけっこう心に刺さっちゃって……

しばらく同人誌書くのやめようかなってぐらい思い悩んでたんですよ（今は元気です）。

そういう時って、なかなか手が動かないんですよね。

頭だけが無限に反省会しちゃって、またダメだったらどうしようって。

でも、動けない時こそどうにか手を動かさないと、余計に書けなくなっちゃうんですよ。

それで、とにかく何か書こうと思って「ライトノベル　新人賞　短編」みたいな検索をして、この賞にたどりつきました。どうせ書くなら誰かに読んでもらった方がいいですから。

小説にオチがついていなくても規定上問題ないので、とにかく面白いと思ったことをワッと書いて、話を畳《たた》む苦労が頭をよぎる前に投稿を済ませてしまいました。

創作楽しい！　という気持ちを取り戻したかったんです。

じっさい書いていてとても楽しかったです。

でも、楽しかった出来事って案外、後になると記憶からすっぽり抜けちゃうんですよね。

その後の半年間は、取り戻したモチベーションを糧《かて》に別の小説にかかりっきりで、そもそも投稿したこと自体を完全に忘れちゃってました。

で、その半年で書いた小説も、別の賞であっさり落ちちゃって。

こりゃ参ったな～って思ってたところに、突然の『東9』入選の報せでした。

びっくりしましたけど、それはもう嬉しかったです。

しかし同時に、節兌見一は困ってしまいます。

審査員の先生に講評でも指摘されたことなのですが、この作品……どうなるかが分からない。

異世界帰りの少年勇者が電車の中で魔法少女に挑まれて、しかも相手もレベル99で……

その後がどうなるかなんて、読んでいて分かるはずありません。

それも当然です。

だって、節兌見一にも分からなかったんですから。

「書いていて面白いか」に全振りでキーボードを叩きまくった結果、人の心に作用する引力的な何かは生じたっぽいんですけど、衝動だけで文庫本一冊分の小説が書けるはずもなく。むしろ序盤に頭を使わなかった分、後になって倍以上頭を悩ませる羽目になりました。

でも、結果的に作品が面白くなるなら、今後もその方法でやっていく他ありません。

魔法が解けないよう精進《しょうじん》するばかりです。

……と、こういう行き当たりばったり人間なので、本が完成するまでには（完成した後も？）関係者の皆様には大変なお手数をかけてしまったと思います。

編集のHさんには、この不安定な謎小説が書籍化できるまでに様々なお力添えをいただき、細かい部分の調整や修正にもご尽力いただきました。

イラストレーターのエリンギ味噌《みそ》さまには、突飛《とっぴ》な要望をいくつもお願いしてしまったにもかかわらず、丁寧《ていねい》で素晴らしいイメージを作っていただけました。

本当に、感謝してもしきれません。

ありがとうございます。

読者さんを含め作品に関わってくださった方々のためにも『東9』がヒットすることを切に願っています（ハッシュタグ『#読んだよ東9』での感想・情報拡散をお待ちしております）。

何より、この作品の世界にもっと浸っていたいんです。

他でもない節兄見一も、この作品の続きを知りたい人間の一人ですから。


ところで、さっきから気になってたんですけど……

後ろの席の方、何だか騒ぎみたいになってません？

ああ、そんなに急に振り向くと気付かれちゃいますよ。

ゆっくり、ゆっくり……チラッと見るぐらいにしておきましょう。

ほら、分かりました？

あっちのテーブル席に、なにやら高校生が三人座ってますよね。

女子二人、男子一人です。

赤いカラコンを入れた気の強そうな女の子。

白っぽい髪をした、中性的な顔立ちの凛々《りり》しい子。

それに、前髪がカミナリみたいなギザギザの金髪になってる男の子ですね。

最近の子たちは中二病ファッションにも気合が入ってますね。

自分も、昔は通学鞄《つうがくかばん》の中に木彫りで作ったブーメランとか隠し持ってましたよ。

懐かしいなあ……

あれ？　でも、妙な雰囲気《ふんいき》ですね。

険悪というか……ギザギザ前髪の男子なんて、今にも世界が終わっちゃうんじゃないかってぐらい深刻そうな顔をしていますね。

別れ話でしょうか？

女子が二人だから、男子の方が二股《ふたまた》かけたりしたんですかね……？

あ、三人目の女の子が登場。

今度は落ち着いた印象の、お姉さん系の子です。

目に光がなくてちょっと怖い感じですね。

たぶんかなり怒ってますよ。カミナリくん、相当やらかしちゃってます。

三股ですよ、三股。ほぼ確定です。

取っ組み合いの喧嘩《けんか》になっちゃうかもしれません。

あ、でも……

もし仮にあの子たちが見た目通りの超能力者で、この店の中でいきなりドッタンバッタンの大バトルを始めちゃったりしたら、それはそれで面白いかもしれません。

……なーんて、そんなことあるワケないですね、ははは。

まさか、ライトノベルじゃあるまいし。


二〇二四年九月、水道橋のとある喫茶店にて

この作品の感想をお寄せください。

あて先　〒101-8050　東京都千代田区一ツ橋2-5-10
集英社　ダッシュエックス文庫編集部　気付
節兒見一先生　エリンギ味噌先生

ダッシュエックス文庫

東京LV99
異世界帰還勇者VS東京最強少女　―山ノ手結界環状戦線―

節兌見一

2024年10月30日　第1刷発行

★定価はカバーに表示してあります

発行者　瓶子吉久
発行所　株式会社　集英社
〒101−8050　東京都千代田区一ツ橋2−5−10
03(3230)6229(編集)
03(3230)6393(販売／書店専用) 03(3230)6080(読者係)
印刷所　株式会社美松堂／中央精版印刷株式会社
編集協力　法貴仁敬(RCE)

ISBN978-4-08-631574-6 C0193

エロゲの世界でスローライフ
～一緒に異世界転移してきたヤリサーの大学生たちに追放されたので、辺境で無敵になって真のヒロインたちとヨロシクやります～

白石 新
イラスト／タジマ粒子
キャラクター原案／ツタロー

美醜逆転世界のクレリック
～美醜と貞操観念が逆転した異世界で僧侶になりました。淫欲の呪いを解くためにハーレムパーティで『儀式』します～

妹尾尻尾
イラスト／ちるまくろ

世話焼きキナコの××管理

原作／漫画エンジェルネコオカ
小説／おかざき登
イラスト／おりょう
キャラクター原案／忍舐しゅり

異世界蹂躙
―淫靡な洞窟のその奥で―

ウメ種
イラスト／ぼに～

アラサーの素人童貞がファンタジーエロゲの世界に転移!? たまたま手にした最強スキルで、丸出しのヒロインたちを完全攻略する!!

童貞が貞操観念と美醜《ブス》の概念が逆転した男が希少な異世界に転生。僧侶《クレリック》となって女性冒険者の『淫欲《ムラムラ》の呪い』を鎮めるために大奮闘!

合コンで終電を逃した美女を泊めたら家が大変なことに!? 汚いアレが大好きなおしかけ美女に、心も身体も作り変えられていく…!!

『性』の知識を得て欲望の限りを尽くすたった一匹の闇スライムによって、天才魔道士も奴隷も女騎士エルフも無慈悲に蹂躙される!?

ダッシュエックス文庫

王立魔法学園の最下生
~貧困街《スラム》上がりの最強魔法師、貴族だらけの学園で無双する~

柑橘ゆすら
イラスト／青乃《あおの》下《しも》

王立魔法学園の最下生2
~貧困街《スラム》上がりの最強魔法師、貴族だらけの学園で無双する~

柑橘ゆすら
イラスト／青乃《あおの》下《しも》
キャラクター原案／長月郁

王立魔法学園の最下生3
~貧困街《スラム》上がりの最強魔法師、貴族だらけの学園で無双する~

柑橘ゆすら
イラスト／青乃《あおの》下《しも》
キャラクター原案／長月郁

王立魔法学園の最下生4
~貧困街《スラム》上がりの最強魔法師、貴族だらけの学園で無双する~

柑橘ゆすら
イラスト／青乃《あおの》下《しも》
キャラクター原案／長月郁

貴族しか魔法を使えない世界で優れた魔法の才能を持った庶民のアルス。資格取得のために入った学園で低レベルな貴族を圧倒する！

暗殺者の素性を隠し、魔法学園で断トツの学年1位となったアルス。暗殺組織の任務では貴族のパーティーの護衛を請け負うのだが…。

暗黒都市の収益を巡って所属するギルドと敵対勢力の争いが本格化し、アルスは同級生のレナと過ごす休日に刺客を送り込まれて…？

アルスが公安騎士部隊に捕縛された!?　投獄された大監獄で出会った意外な人物とは。一方アルス不在の王都とギルドは危機に陥り!?

王立魔法学園の最下生5
～貧困街《スラム》上がりの最強魔法師、貴族だらけの学園で無双する～

柑橘ゆすら
イラスト／青乃《あおの》下《しも》
キャラクター原案／長月 郁

王立魔法学園の最下生6
～貧困街《スラム》上がりの最強魔法師、貴族だらけの学園で無双する～

柑橘ゆすら
イラスト／青乃《あおの》下《しも》
キャラクター原案／長月 郁

魔王は勇者の可愛い嫁
～パーティの美少女4人から裏切られた勇者、魔王と幸せに暮らします。4人が勇者殺しの大罪人として世界中から非難されてる?まあ因果応報かなぁ～

六志麻あさ
イラスト／あまな

許嫁が出来たと思ったら、その許嫁が学校で有名な『悪役令嬢』だったんだけど、どうすればいい?4

疎陀 陽
イラスト／みわべさくら

王都を危機から救ったことで裏社会の組織をクビになったアルス。念願だった普通の生活を満喫しようとするが平穏とは遠い日々で!?

組織を辞め、『普通』の学生となったアルスが迫られる究極の選択とは!? さらにアルバイトにも挑戦し、秘めた実力を発揮する…!!

最終決戦で仲間に裏切られた勇者を助けたのはまさかの魔王!! 魔族の生活を守りたい魔王ヴィラと、訳あって政略結婚することに!?

「許嫁」の関係よりもお互いを大切にしたいふたりに、新たな刺客が!? お隣に東九条本家の令嬢・明美が引っ越してきてひと波乱!!